ars vivendi
Krimi

Jan Beinßen, Jahrgang 1965, lebt in Franken und hat zahlreiche Kriminalromane veröffentlicht. Bei ars vivendi erschienen neben seiner Reihe um den Nürnberger Hobbydetektiv Paul Flemming u. a. auch der historische Kriminalroman *Görings Plan* (2014) sowie die Kurzkrimibände *Die toten Augen von Nürnberg* (2014) und *Tod auf Fränkisch* (2017). www.janbeinssen.de

Jan Beinßen

Bärentod

Die Akte Nürnberg –
Keller und Marušić ermitteln

ars vivendi

Originalausgabe

Erste Auflage September 2021

GmbH & Co. KG, Bauhof 1,
90556 Cadolzburg

www.arsvivendi.com

Umschlaggestaltung: FYFF, Nürnberg
Motivauswahl: ars vivendi
Coverfoto: © plainpicture / Müggenburg
Druck: CPI buchbücher.de GmbH, Birkach
Gedruckt auf holzfreiem Werkdruckpapier
der Papierfabrik Arctic Paper

MIX
Papier aus verantwortungsvollen Quellen
FSC® C083411

Printed in Germany

ISBN 978-3-7472-0306-4

Bärentod

1

--- Mittwoch, 29. März 2000, 18:45 Uhr ---

Wo war Tobias?

Manfred Kern hielt die Hand seines Sohnes Manuel fest umklammert, während er sich hektisch in alle Richtungen umsah.

»Tobias!«, rief er laut. Immer wieder: »Tobias!«

Sie standen auf einem der verzweigten Wege im Nürnberger Tiergarten, umgeben von viel Grün, Bäumen und Büschen. Hinter ihnen ragten die rötlichen Felsen des ehemaligen Steinbruchs auf, dessen Gelände der Zoo nutzte. Die Sonne stand tief, die meisten anderen Besucher waren schon gegangen.

Auch Manfred Kern wollte längst in der Straßenbahn sitzen. Zu Hause wartete seine Frau Isabell mit dem Baby und dem Abendessen auf sie. Doch er konnte nicht. Nicht ohne Tobias.

Der Dreijährige war aus dem Buggy gesprungen und auf flinken Beinen weggelaufen, weil er noch nicht heimwollte. Manfred Kern eilte ihm nach, aber da war ja noch Manuel, der Sechsjährige, den er nicht auch noch verlieren wollte. Also hielt er ihn fest, was ihn langsamer machte. Zu langsam.

Vor mehr als fünf Minuten hatte er Tobias zuletzt gesehen. Seitdem irrten er und Manuel durch den Tiergarten, begleitet von animalischen Geräuschen aus den Gehegen. Blöken, krächzen, fauchen. Manfred Kern spürte die Unruhe, die um ihn herum aufkam. Als würden sich die Tiere seiner Sorge um Tobias anschließen.

Doch dass die Affen kreischend auf die höchsten Äste ihrer Kletterbäume jagten und die Papageien in ihren Volieren wie wild mit den Flügeln schlugen, hatte andere Gründe: Manfred Kern lief es eiskalt den Rücken hinunter, als er eine riesige Gestalt über den Parallelweg laufen sah, groß und breit wie ein Kleiderschrank, weiß wie Schnee. Ein Yeti, schoss es ihm durch den Kopf. Gleich darauf folgte eine realistischere Einschätzung: ein Eisbär.

Seine Hand schloss sich wie ein Schraubstock um die seines Sohnes, während er abrupt stehen blieb und das gewaltige Raubtier beobachtete. Der Bär hatte sich erhoben und bewegte sich auf seinen Hinterläufen wie ein Mensch auf seinen zwei Beinen. Das Tier wirkte ziellos und nervös. Die Schnauze mit der schwarzen Nase in die Höhe gereckt, schien es zu versuchen, Witterung aufzunehmen. Dann, von einer Sekunde auf die andere, ließ es sich nach vorn fallen und hetzte auf allen vieren davon.

Warum, um Himmels willen, lief ein Eisbär frei im Zoo herum? Manfred Kern saß die Angst im Nacken, während er mit dem Kind an seiner Hand weiterging. Seine Rufe nach Tobias waren jetzt viel leiser. Die Stimme zittrig, voller böser Vorahnung.

Walter Zochers Frau Else bereitete sein Leibgericht zu: Blaue Zipfel. Die Bratwürste garten gemeinsam mit Zwiebelringen und einem ordentlichen Schuss Weißwein in einem Topf mit sprudelndem Essigwasser, verströmten einen betörenden Duft und ließen die Fensterscheiben beschlagen. Zocher sah Else über die Schulter, während sie den Sud mit einem hölzernen Kochlöffel umrührte.

»Du kannst es wohl kaum erwarten, was?«, fragte sie mit gewissem Spott, denn eigentlich war er auf Diät und hatte seine Tagesration Kalorien bereits zu sich genommen. Doch bei Blauen Zipfeln musste man natürlich eine Ausnahme machen.

Zocher suchte noch nach einer originellen Ausrede, als es an der Tür läutete. Er wunderte sich, weil er um diese Zeit mit keinem Besuch mehr rechnete. Schweren Herzens löste er sich vom Anblick der garenden Würste und ging in den Flur. In Gedanken spielte er durch, wer da vor der Tür stehen mochte. Hin und wieder kam es vor, dass verirrte oder verwirrte Besucher versehentlich vorm Haus des Tiergartendirektors landeten, weil es direkt gegenüber dem Kassenhaus lag. Aber gewiss nicht jetzt, am Abend, da der Park bereits geschlossen hatte. Es musste wohl jemand vom Personal sein. Ob es wieder Probleme mit der Entwässerung im Flusspferdhaus gab, wie schon öfter in letzter Zeit?

Direktor Zocher, über dessen kariertem Hemd die Hosenträger spannten, öffnete und sah sich in seiner Vermutung bestätigt, denn ihm stand einer der Pfleger gegenüber, Franz Walchshöfer, zuständig für die Wasservögel. Zocher fiel sofort auf, dass der sonst so ruhige, fast schon träge Walchshöfer ungewöhnlich aufgekratzt wirkte. Die Wangen des Endfünfzigers trugen ein kräftiges Rot, die Arme ruderten aufgeregt nach oben und unten.

Da Walchshöfer keinen geraden Satz herausbrachte, sagte Zocher: »Was ist denn los? Stimmt was nicht mit den Flamingos?«

Der Pfleger schüttelte energisch den Kopf. Dann platzte es aus ihm heraus: »Die Bären sind los! Die Eisbären!«

Zocher verwarf seinen ersten Impuls, das Ganze für einen schlechten Scherz zu halten. Dafür war Walchshöfer nicht der Typ. Außerdem schlotterte er vor Angst. Viele Gedanken gingen Zocher gleichzeitig durch den Kopf: Bilder des Eisbärengeheges und von den massiven Vorhängeschlössern, mit denen die Zugänge verriegelt waren. Er dachte an die Menschen, die jetzt noch auf dem Gelände unterwegs waren, späte Besucher auf dem Weg zum Ausgang, die Tierpfleger, möglicherweise Handwerker oder Gärtner. Auch von den Veterinären müsste wenigstens noch einer anwesend sein. Hoffentlich! Denn für die Pfleger allein würde es unmöglich sein, die zentnerschweren und gefährlichen Jäger einzufangen.

»Wissen die Tierärzte Bescheid?«, fragte er.

»Wir haben keinen erreicht«, antwortete Walchshöfer unglücklich. »Aber Bernhard ist dran. Er wollte gleich runter zum Betriebshof und in der Tierpraxis nachsehen, ob noch jemand da ist.«

»Gut«, sagte Zocher mit versteinerter Miene, schnappte sich seine Jacke vom Garderobenhaken und zog die Haustür hinter sich zu. Die Rufe seiner Frau aus der Küche nahm er kaum mehr wahr.

Schon aus einiger Entfernung konnte Manfred Kern den roten Fleck erkennen, der sich wie ein Springball auf und ab bewegte. Sie näherten sich jetzt dem großen Kinderspielplatz, und das kräftige Rot gehörte zweifelsfrei zur Jacke seines kleinen Jungen, der auf einer Schaukel saß. Sie selbst befanden sich auf einem der Wege, die sternförmig auf die Spielfläche zuführten.

»Tobias!«, rief Kern nun wieder lauter und voll Zuversicht.

Sein Sohn schien ihn nicht zu hören. Manfred Kern sah zu Manuel hinab, der zauderte und sich dagegen sträubte, weiterzugehen. Zwar hatte er den Eisbären nicht gesehen, trotzdem musste auch er die Gefahr spüren. Eindringlich bat sein Vater ihn, schön brav zu sein und mit ihm zum Spielplatz zu laufen. »Wie beim Wettrennen«, spornte er ihn an. »Wer schneller ist, hat gewonnen.«

Es klappte – statt Manuel weiter hinter sich herziehen zu müssen, sah Manfred Kern den Jungen nun davonflitzen. Auch er setzte sich in Bewegung, mit dem dringenden Bedürfnis, beide Buben möglichst bald in Sicherheit zu wissen.

Doch als er zu rennen begann, bemerkte er aus den Augenwinkeln eine schnelle Bewegung auf einem der anderen Wege, die zum Spielplatz führten. Der Eisbär! Keine zwanzig Meter entfernt! Alles, was zwischen ihnen lag, war eine versteppte Fläche, die von gerade mal hüfthohen Zäunen gesäumt wurde. Die waren ganz sicher kein ernst zu nehmendes Hindernis für den Bären!

»Manuel!«, brüllte Manfred Kern, doch der Kleine dachte gar nicht daran, anzuhalten oder umzukehren. Denn er wollte ja das Rennen gegen seinen Vater gewinnen!

Zocher, übergewichtig und nicht mehr der Jüngste, spürte beim Laufen, wie ihm die Lunge brannte. Dennoch folgte er dem voraneilenden Walchshöfer in dichtem Abstand, während sie durch das Eingangstor und an den Kiosken vorbeirannten. Sie mussten einer kleinen Gruppe verstört wirkender Besucher Platz machen, die von zwei Kollegen in Richtung Ausgang gedrängt wurden.

Während sie über die verzweigten Wege eilten, rief sich der Direktor die wichtigsten Fakten über die entlaufenen Tiere ins Gedächtnis: Es handelte sich um die drei

Weibchen Silke, Nadine und Efgenia, jeweils zwei Meter und sechzig groß und ungefähr zweihundertfünfzig Kilo schwer. Der Vierte im Bunde war Yukon, ein Männchen von beachtlichen drei Metern und zwanzig Zentimetern Größe, der fünfhundert Kilo auf die Waage brachte. Zocher fiel auf Anhieb keine Möglichkeit ein, eines dieser gewaltigen, kräftigen Tiere einzufangen, geschweige denn alle vier. Fangnetze wären wirkungslos, man würde gar nicht dicht genug an die Bären herankommen, um sie werfen zu können. Auch die mit Spitzen bewährten Stangen, die in den Raubtiergehegen mitunter eingesetzt wurden, um Großkatzen auf Abstand zu halten, kamen nicht infrage, da sie nur aus nächster Nähe angewendet werden konnten. Viel zu gefährlich für die Pfleger!

Was blieb, waren die Betäubungsgewehre der Veterinäre. Doch niemand von ihnen schien greifbar zu sein.

Auf Höhe des Pavianhügels kam ihnen eine weitere Pflegerin entgegen. Conny Meyer hatte alarmierende Neuigkeiten: »Einer der Bären ist in der Nähe der *Waldschänke* gesehen worden!«, rief sie außer Atem.

Zocher, sonst hart im Nehmen und einiges gewohnt, zuckte zusammen.

Die *Waldschänke*. Ausgerechnet! Das Ausflugslokal grenzte unmittelbar an den Tiergarten und konnte von dort und von außerhalb betreten werden.

Der Direktor wusste, dass heute Abend eine große Gesellschaft mit über hundert Gästen anwesend war. Sollte der hochnervöse und angriffslustige Yukon die Feier aufmischen, käme das einem Massaker gleich.

2

--- Mittwoch, 29. März 2000, 19:15 Uhr ---

Konrad Keller arbeitete für den Abschnitt K des Polizeipräsidiums Mittelfranken. K wie Kriminalpolizei. Genauer gesagt gehörte er dem Kriminalfachdezernat K11 an, zuständig für Straftaten wider Leib und Leben, im Volksmund auch schlicht Mordkommission genannt. Mit seinen fünfzig Jahren hatte es der Hauptkommissar zum stellvertretenden Leiter gebracht. Nun, da er als einer der Letzten im Büro am Nürnberger Jakobsplatz saß, blickte er auf seine wechselvolle Karriere zurück und überlegte, was da wohl noch so kommen mochte. Die Beförderung zum Dezernatsleiter? Gut möglich, denn sein Chef, Polizeioberrat Grantl, der seinem Namen oftmals alle Ehre machte, stand kurz vor dem Ruhestand, und Keller hatte lange genug auf seiner derzeitigen Position verharrt. Eigentlich wäre er also an der Reihe, wenn sich das Beförderungskarussell zu drehen beginnen würde. Eigentlich ...

Was ihn zweifeln ließ, war der Zeitgeist, der durch die Flure des Präsidiums spukte. Die gute alte Ermittlungsarbeit, die Keller von der Pike auf gelernt und die letzten drei Jahrzehnte über erfolgreich praktiziert hatte, spielte plötzlich nicht mehr die Rolle, die sie lange Zeit gespielt hatte. Ob es mit dem Millenniumswechsel zu tun hatte, den viele ja für ein Menetekel hielten? Nein, die gravierenden

Veränderungen, die seinen Berufsstand erfassten wie viele andere auch, hatten sich schon vor einigen Jahren abgezeichnet.

Keller legte seine Hand auf den klobigen Röhrenbildschirm, der seinen Schreibtisch beherrschte und die Zeichen der Zeit verkörperte wie kaum etwas anderes. Computer und das Internet hatten seine bisherige Arbeitswelt völlig auf den Kopf gestellt und beeinflussten die Ermittlungstätigkeit massiv. Die jüngeren Kolleginnen und Kollegen gingen in der modernen Datenwelt auf und jubelten über die schier grenzenlosen Möglichkeiten der Onlinerecherche – während Keller fürchtete, den Anschluss zu verlieren. Er kam ja nicht einmal mit seinem Handy zurecht. Dass ihm kürzlich die mit siebenundzwanzig Jahren deutlich jüngere Oberkommissarin Tabea Marušić zur Seite gestellt worden war, die lieber im Internet »surfte«, statt Fachliteratur zu wälzen oder sich im Archiv zu vergraben, ließ ihn noch älter aussehen. Okay – vielleicht tat er ihr mit dieser Unterstellung Unrecht, denn ganz so eingleisig war die Kollegin gewiss nicht unterwegs. Trotzdem zeichnete sich unverkennbar ein Trend zu neuen Methoden ab, den Keller nicht guthieß, weil er fürchtete, auf Dauer nicht mehr mithalten zu können.

Konrad Keller saß mit gekrümmtem Rücken auf seinem Schreibtischstuhl, betrachtete seinen kahlen Schädel und die markante, schwarz geränderte Brille auf dem schlecht entspiegelten Monitor und haderte mit sich und der Welt – da merkte er, dass mit einem Mal Unruhe aufkam. Von draußen, aus dem Flur, hörte er schnelle Schritte. Dann Stimmen. Aufgeregte Stimmen. Es musste etwas passiert sein. Automatisch sah er auf das Telefon, das jedoch keine Anstalten machte zu klingeln.

Neugierig geworden schob er seine Selbstzweifel beiseite, stand auf und öffnete die Tür des Büros. Tatsächlich sah er eine kleine Gruppe Kollegen weiter hinten im Treppenhaus stehen und gestenreich diskutieren. Es handelte sich um Männer und Frauen vom Kriminaldauerdienst, der außerhalb der normalen »Bürozeiten« bei Verbrechen aller Art zur Stelle sein musste, Tatorte sicherte, Spuren las und Zeugen vernahm, um später Leuten wie Keller das Feld zu überlassen. Er ging auf die Kollegen zu, die wie er in Zivil waren, und erkundigte sich, was denn los sei.

Franz Oberhof, mit dem Keller ab und zu in der Kantine zusammensaß, wandte sich ihm zu und begann unzusammenhängend von entlaufenen Bären im Tiergarten zu reden.

Als Keller nachfasste, sprang eine ihm unbekannte Kollegin ein und erklärte: »Vom Tiergarten aus ist ein Notruf eingegangen, die Inspektion Ost hat schon zwei Streifenbesatzungen losgeschickt. Es dreht sich um vier ausgewachsene Eisbären, die aus ihrem Gehege entkommen sein sollen. Die Zooleitung befürchtet, dass die Tiere das Gelände verlassen könnten.«

Keller hielt sich die geografische Lage des Tiergartens vor Augen. Der Park war in weiten Teilen vom Reichswald umgeben, auf der anderen Seite jedoch lagen die Wohnsiedlungen Mögeldorf, Zerzabelshof und Laufamholz. Die Tiere könnten dort Schlimmes anrichten. Außerdem gab es das Tiergartenhotel, bloß einen Katzensprung entfernt. Sofort war ihm die Brisanz der Lage klar.

»Kann ich helfen?«, bot er spontan an.

»Es heißt, dass sich vielleicht noch Besucher im Park aufhalten«, sagte Oberhof. »Ich würde sagen, jede Hilfe ist willkommen!«

Keller sagte zu, die Kräfte vor Ort zu unterstützen. Er würde mit dem eigenen Wagen fahren, um später unabhängig zu sein und nach Hause fahren zu können, sobald die Lage unter Kontrolle war. Dort wartete seine Frau Helga sicher schon auf ihn.

Bei dem Gedanken an Helga kamen Erinnerungen an gemeinsame Besuche im Tiergarten auf, die sie mit ihren drei Kindern häufig unternommen hatten. Jochen und Burkhard waren inzwischen längst dem Kindesalter entwachsen und Sophie ein Teenager von sechzehn Jahren. Die Bilder der Tiergartenbesuche hatte Keller jedoch noch im Kopf – und auch den guten Eindruck, den er von den Sicherheitsvorkehrungen der Gehege hatte. Was mochte da bloß schiefgegangen sein? Dass sich die Eisbären von selbst aus befreit haben konnten, hielt er für ziemlich unwahrscheinlich.

Bis zum niedrigen Zaun, der den Spielplatz umgab, hatte es Manfred Kern mit Manuel inzwischen geschafft. Tobias nahm noch immer keine Notiz von ihnen und schaukelte weiter mit einem Ausdruck, als wäre er nicht in dieser Welt. Kern schätzte ab, wie lange er über den sandigen Untergrund bis zu seinem Sohn brauchen würde – wenige Sekunden, wenn er rannte. Doch das wagte er nicht. Denn der Eisbär, der vorhin aufgetaucht war, hielt sich immer noch ganz in der Nähe auf.

Die Situation stellte sich jetzt so dar, dass der kleine Tobias mitten auf der Spielfläche stand, während sich der Bär über den von links kommenden Weg näherte und direkt auf den Spielplatz zuhielt. Dazwischen befanden sich Kern und Manuel, die von rechts gekommen waren und nun am Eingang des Spielplatzes warteten.

Der Eisbär hatte aufgehört zu laufen, verharrte jetzt mitten auf dem Weg, nur noch wenige Meter von Kern entfernt, und starrte ihn an. Ob er auf ihn lauerte?

Vorsichtig setzte Manfred Kern einen Fuß vor den anderen und näherte sich ganz langsam und behutsam dem schaukelnden Tobias. Sein Ältester, fest an seiner Hand, spürte die Angst des Vaters. Plötzlich fing er an zu weinen und sträubte sich wieder, weiterzugehen.

»Ganz ruhig«, redete Manfred Kern sanft auf ihn ein. »Wir holen jetzt deinen Bruder, und dann geht es ab nach Hause. Alles wird gut …«

Einer der Tierärzte, Frank Schmittlein, konnte in der Kantine aufgetrieben werden, wo er mit drei Tierpflegern Karten spielte und von den entlaufenen Eisbären nichts mitbekommen hatte. Zocher wies ihn mit wenigen Worten und ruppigem Ton ein. Nachdem er auf dem Weg hierher eines der Bärenweibchen gesehen hatte, war seine Anspannung noch einmal gewachsen. Es musste etwas geschehen. Schleunigst!

»Wir haben die Polizei informiert, und die Besucher dürften mittlerweile alle draußen sein«, beschrieb er die Lage. »Jetzt sind wir gefordert. Haben Sie genügend Betäubungsmunition vorrätig?«

Schmittlein, der für einen kurzen Moment wie paralysiert gewirkt hatte, schmiss die Spielkarten auf den Tisch und sprang auf. »Haben wir!«, bestätigte er knapp. »Aber wir brauchen einen zweiten Schützen, wenn wir die Tiere in die Enge treiben wollen. Können Sie Carola aus dem Feierabend holen?«

»Das dauert zu lang«, entschied Zocher. »Das zweite Gewehr übernehme ich selbst.«

Es wäre nicht das erste Mal, dass er einem Raubtier sehr nahe kommen würde. Doch diesmal gäbe es weder Gitterstäbe noch Panzerglasscheiben zwischen ihnen.

3

--- Mittwoch, 29. März 2000, 19:40 Uhr ---

Es war bereits dunkel, als Keller seinen Wagen auf dem Platz unmittelbar vor dem schmiedeeisernen Eingangsportal des Tiergartens abstellte. Dort standen bereits mehrere Streifenwagen sowie der graue BMW des Kriminaldauerdienstes.

Er hielt einem Schutzpolizisten, der den Eingang bewachte, seinen Ausweis hin und fragte, ob die Bären inzwischen hatten eingefangen werden können. Während der Fahrt hatte Keller sein Handfunkgerät nicht benutzen können und war deshalb nicht auf dem neuesten Stand.

Der Uniformierte schüttelte den Kopf. »Die wollen jetzt versuchen, die Viecher zu betäuben«, sagte er.

»Wer sind ›die‹?«

»Die Leute vom Zoo. Die haben extra Gewehre für so was.«

»Okay«, sagte Keller, dem diese Information fürs Erste genügte. Er erkundigte sich danach, wo er hinmüsse, um unterstützen zu können.

Daraufhin beschrieb ihm der Polizist den Weg. »Haben Sie eine Taschenlampe dabei, Herr Hauptkommissar?«

Keller verneinte. Daran hatte er nicht gedacht.

»Die Beleuchtung des Parks ist nicht besonders gut.« Der Polizist fasste an seinen Gürtel und zog eine dünne

Stablampe aus einem Holster. »Nehmen Sie meine, es wird jetzt rasch dunkel.«

Keller lächelte. »Das ist wirklich sehr nett, Kollege.«

»Viel Glück!«

Das würde er hoffentlich nicht brauchen, dachte Keller, während er durch den verwaisten Park lief, begleitet von vereinzelten, katzenhaften Lauten und den Rufen von nachtaktiven Tieren. Er hatte nicht vor, einem der Bären zu nahe zu kommen. Vielmehr wollte er sich auf andere Weise nützlich machen: Für den Fall, dass es einem der Tiere tatsächlich gelingen sollte, das Areal zu verlassen und es galt, die Bevölkerung in den angrenzenden Siedlungen zu schützen. Instinktiv fasste er nach seinem Pistolenholster.

Keller lief los und traf bald auf einen weiteren Schutzpolizisten, der ihm den Weg zu Zoodirektor Zocher weisen konnte.

Zusammen mit einigen Mitarbeitern war Zocher im Park in Position gegangen. Sozusagen ein mobiler Krisenstab, bestehend aus mehreren Tierpflegern, Tierarzt, Zocher selbst sowie seinem Stellvertreter. Als Keller dazukam, stellte er sich kurz vor, doch Zocher nahm ihn kaum wahr. Also beschränkte sich Keller zunächst aufs Zuhören und wurde Zeuge einer beängstigenden Diskussion zwischen Zocher und Schmittlein, dem Veterinär.

»Die Pfeile zeigen überhaupt keine Wirkung!«, rief der aufgebrachte Schmittlein, der mit zitternden Händen eine Art Luftgewehr umklammerte.

»Haben Sie richtig dosiert?«, wollte Zocher wissen. »Das Männchen wiegt immerhin fünfhundert Kilo.«

»Ich habe sogar die doppelte Dosis genommen«, entgegnete Schmittlein verzweifelt. »Aber die Pfeile dringen nicht ein. Sie prallen einfach ab.«

»Vielleicht sind wir nicht dicht genug dran«, spekulierte Zocher.

Schmittlein widersprach. »Wir sind bis auf sieben, mindestens acht Meter an sie herangekommen. Noch näher wäre zu gefährlich. Die Bären sind hochnervös und wissen, dass wir sie jagen. Mit dem nächsten Versuch setzen wir womöglich unser Leben aufs Spiel.«

Keller begriff, dass die Gefahr längst nicht gebannt war. Spontan holte er sein klobiges Mobiltelefon hervor und hoffte inständig, dass er sich nicht gerade in einem der unzähligen Funklöcher befand. Er suchte den Rat eines weiteren Sachverständigen: den seines Sohns Burkhard.

Manfred Kern hatte es geschafft. Aus für ihn unerfindlichen Gründen hatte der Bär vor einiger Zeit kehrt gemacht und war über denselben Weg verschwunden, auf dem er gekommen war. Seitdem verharrten sie auf dem Spielplatz, weil Kern es nicht wagte, eine weitere Begegnung zu riskieren. Zwar weinte Manuel noch immer, aber nun waren sie wieder vereint, das war das Wichtigste.

Als nun auch Tobias weinerlich wurde und zu drängen begann, überwand Kern seine Skrupel und entschloss sich, den vermeintlich sicheren Rückzugsort aufzugeben. Schließlich konnten sie nicht die ganze Nacht hier verbringen. Mit dem Sechsjährigen an der einen Hand und dem kleinen Tobias an der anderen entfernte er sich von der Schaukel mit dem Ziel, so schnell wie möglich den Ausgang zu erreichen.

Mittlerweile war es stockdunkel. Nur einige wenige Lampen spendeten schwaches Licht. Beim Finden des Ausgangs würde sich Kern auf seinen Orientierungssinn verlassen und darauf hoffen müssen, dass sie sich nicht verliefen.

Mit verhaltener Zuversicht stapfte er durch den Sand der Spielanlage und wollte gerade auf einen der Wege wechseln, als er jäh zusammenzuckte. Ganz aus der Nähe drang ein tiefes Grollen an sein Ohr. Es ähnelte dem Knurren eines Hundes, nur viel voluminöser und bedrohlicher. Augenblicklich wurde ihm bewusst, dass der Eisbär, den er zuletzt aus den Augen verloren hatte, noch immer dicht bei ihnen sein musste. Womöglich lauerte er hinter einem der vielen Büsche.

Also entschied er sich abermals um: Jetzt mit den Kindern in der Dunkelheit weiterzulaufen, kam nicht infrage. Das konnte er nicht verantworten. Sein erster Impuls bestand darin, einfach stehen zu bleiben und lautlos am Wegesrand zu verharren. Aber auch das funktionierte nicht, denn der unablässig weinende und nach seiner Mama rufende Manuel zerrte an seiner linken Hand, während Tobias versuchte, sich aus seiner Rechten loszureißen.

Nach einem Blick zurück auf den Spielplatz hatte Manfred Kern eine Idee.

Er beugte sich zu seinen Kindern hinunter und sagte: »Wisst ihr was – bevor es nach Hause geht, wollen wir zusammen klettern. Könnt ihr das hohe Klettergerüst dort hinten sehen? Da wollen wir rauf! Zeigt mal, was ihr könnt!«

Keller, der sich etwas von den anderen abgesetzt hatte, erwischte Burkhard beim Abendessen.

»Paps? Was gibt es denn? Rufst du mit dem Handy an? Die Verbindung ist nicht besonders gut.«

Keller schilderte seinem Sohn in kurzen Worten die Situation und bat ihn um eine Einschätzung der Lage. Ihm war bewusst, dass sich Burkhard als angehender Kleintierarzt vorwiegend mit Hunden, Katzen oder Sittichen beschäftigte, doch sein Studium hatte er gerade erst abgeschlossen, das Grundwissen auch über Großtiere musste noch frisch sein.

»Die Pfeile prallen ab, sagst du?«, vergewisserte sich Burkhard nach kurzem Nachdenken. »Das kann nur am Winterfell liegen. Das Fell und die dicke Fettschicht wirken wie eine Art Panzer gegen die dünnen Kanülen der Betäubungsmunition. Hinzu kommt das Adrenalin, das wird die Wirkung der Narkose lindern, selbst wenn eine der Injektionen hängen bleibt. Der Tiergartenveterinär wird das natürlich auch wissen – aber wahrscheinlich wollen sie alles versuchen, um die Tiere am Leben zu halten.«

»Du glaubst also nicht, dass sich die Bären auf diese Weise stoppen lassen?«, fragte Keller besorgt.

»Nein«, lautete Burkhards nüchterne Einschätzung. »Außerdem fühlen die Bären sich jetzt angegriffen und bedroht. Das macht sie aggressiv und unberechenbar. Passt bloß auf! Ein Raubtier dieser Größenordnung kann einen Menschen mit einem einzigen Prankenhieb töten.«

Kellers Handfunkgerät rauschte. Dann erklang eine Stimme. Ein Kollege meldete, dass sich ein Bär der äußeren Umzäunung nähere. Er glaube nicht, dass der Zaun der Kraft des Tieres lange standhalten könne.

»Hast du gehört, was gerade über Funk kam?«, fragte Keller seinen Sohn.

»Ja, Paps. Klingt nicht gut.«

»Was können wir deiner Meinung nach tun?«

»Ich kann die Lage von hier aus natürlich nicht so gut einschätzen wie die Leute vor Ort, aber am Ende bleibt vielleicht nur eine Option: scharfe Munition. Großes Kaliber. Zielt möglichst direkt auf den Kopf.«

4

--- Mittwoch, 29. März 2000, 20:05 Uhr ---

Tabea Marušić war mit ihren Inlineskates bis zum frühen Abend am Dutzendteich unterwegs gewesen und danach im *Café Wanner* eingekehrt – eine Kombination, die sie schätzte und genoss, sobald sich im Frühjahr das erste Mal die Sonne zeigte.

Im *Wanner* traf sie sich mit Heike und Kathi, mit denen man gut quatschen konnte, ohne dass es immer gleich um Befindlichkeiten, Stress mit dem Freund oder Ärger mit der Hausverwaltung ging. Auch der Job war bei ihren Treffen mehr oder weniger tabu. Alles, was irgendwie unangenehm werden konnte, wurde ausgeblendet. Die Mädels wollten einfach nur ein bisschen zusammen abhängen und ausspannen. Genau das, was Tabea auch wollte.

Die Harmlosigkeit ihrer Unterhaltung kam Tabea sehr gelegen, denn sie bot ihr – genau wie das stundenlange Skaten – eine Auszeit von dem privaten Frust, den sie gerade schob. Sie fühlte sich zwar trotz ihrer jungen Jahre erwachsen genug, um zu wissen, dass Krisen in Beziehungen nichts Ungewöhnliches waren und es allerlei Mittel und Wege gab, sie zu meistern. Aber das Ganze entwickelte sich zu einer Dauerkrise, und das fand sie ziemlich zermürbend.

In der tanzsaalgroßen Gaststube herrschte trotz Weitläufigkeit und hoher Wände eine gemütlich-ausgelassene

Atmosphäre. In die rauchgeschwängerte Luft mischte sich der Duft von Bratwurst und Sauerkraut. Die Gespräche der meist jungen Gäste, viele davon mit Inlineskates oder Skateboards ausgestattet, wurden von vereinzelten Lachern, dem Ruf nach einem weiteren Radler und der ziemlich schrillen Stimme der Moderatorin übertönt, die aus einem Fernseher weit oben in einer Ecke des Saals schallte. Es liefen gerade die Nachrichten des lokalen Privatsenders *RTL Franken Life TV*.

»Ich habe heute mal eine ganz andere Runde ausprobiert«, erzählte Kathi und warf einige Strähnen ihres langen Blondhaars über die Schulter. »Richtung Silbersee und dann ein Stück über die Norisring-Strecke. Da sind nämlich nicht so viele Fußgänger unterwegs, denen man ständig ausweichen muss, und man kann richtig Tempo machen.«

Tabea, deren Gesicht von dunkelbraunem, kinnlangem Haar umrahmt war, beneidete Kathi insgeheim um ihre schier makellose Schönheit. Vielleicht auch, weil sie manchmal das Gefühl hatte, dass ihr Freund Udo mehr auf Blonde flog. Wieder so eine unausgesprochene Sache, die zwischen ihnen stand.

»Auf dem Norisring herrscht mir zu viel Verkehr«, sagte Heike. »Die rasen mit ihren getunten Autos, als wären sie bei der DTM. Da hätte ich zu viel Angst, unter die Räder zu kommen.«

»Stimmt, es sind einige echte Idioten unterwegs. Aber du kannst dich doch hinter den Absperrungen halten«, schlug Kathi vor. »Da passiert nichts.«

Tabea hörte kaum zu, denn der Fernsehbericht, der gerade über den Bildschirm flimmerte, weckte ihre Aufmerksamkeit.

Eine eingeblendete Tickermeldung verkündete nach amerikanischem Vorbild »Breaking News«. Ziemlich hochtrabend für einen Lokalsender, wie Tabea fand, doch die gezeigten Bilder wirkten tatsächlich dramatisch. Die verwackelten und zum Teil unscharfen Aufnahmen zeigten offenbar einen Polizeieinsatz im Tiergarten. Man sah rennende Polizeibeamte, einige mit gezückten Pistolen. Im Hintergrund tauchten im Halbdunkel die Umzäunungen von Gehegen auf. Vereinzelt waren im Licht des TV-Scheinwerfers rot reflektierende Tieraugen zu erkennen.

Jetzt wurde die Kamera herumgerissen, und die Reporterin füllte das Bild aus. Sie war jung, nicht einmal in Tabeas Alter, und offensichtlich überfordert. Ohne die Souveränität erfahrener Berichterstatterinnen und mit sich überschlagender Stimme schilderte sie die Lage. Von entlaufenen Tieren war die Rede. Dann konkreter von Eisbären. Insgesamt vier Bären sollten geflohen sein. Der Versuch, sie zu betäuben, sei fehlgeschlagen. Nun werde scharf geschossen. Einer der Bären sei bereits tot.

Wie zum Beweis ihrer Worte war ein Knall zu hören. Die Reporterin zuckte zusammen und hielt sich schützend die Hände über den Kopf. Dann fing sie sich wieder und setzte den Bericht fort: Angeblich, so behauptete sie, seien die Schlösser am Eisbärengehege geknackt worden. Ein Tierpfleger habe ihr das gesagt und die Vermutung geäußert, bei den Verursachern handle es sich möglicherweise um fanatische Tierschützer, die die Zoohaltung von Raubtieren ablehnten.

Wie gebannt starrte Tabea auf das Fernsehgerät und verfolgte die dunklen Wackelbilder. Viele Einzelheiten konnte sie allerdings nicht ausmachen. Noch schwieriger wurde es, als der Kameramann zu laufen begann. Auf Geheiß der

Reporterin näherte er sich einer Gruppe Männer, unter ihnen der Zoodirektor, dessen Gesicht Tabea aus der Zeitung kannte.

Dann glaubte sie, nicht richtig zu sehen. In dem Mann, der neben dem Direktor stand, meinte sie ihren Kollegen wiederzuerkennen: Hauptkommissar Konrad Keller. Konnte das denn sein? Bis vor wenigen Stunden hatte sie noch neben ihm im Büro gesessen. Was suchte der denn im Tiergarten?

Ohne den Fernseher aus den Augen zu lassen, griff sie nach ihrer Umhängetasche, suchte nach dem Handy und zog es hervor. Zwar hatte sie keinen Bereitschaftsdienst, dennoch vergewisserte sie sich, dass der Akku geladen war und sie keinen Anruf verpasst hatte.

Nein, es war kein Anruf in Abwesenheit eingegangen und keine Nachricht hinterlassen worden.

Etliche Fragen schwirrten ihr durch den Kopf.

Obwohl Manfred Kern in der Dunkelheit kaum etwas erkennen konnte, sah er die Lichtblitze, jeweils gefolgt von einem scharfen Knall. Mündungsfeuer! Das konnte nichts anderes bedeuten, als dass sie den Eisbären jagten.

Kern war erleichtert und besorgt zugleich. Zwar war man jetzt offenbar hinter dem Eisbären her, doch dass ganz in der Nähe scharf geschossen wurde, bedeutete eine neue Gefahr für seine Kinder und ihn. Deshalb hielt er seine Söhne ganz fest, nachdem sie in dem ausladenden Klettergerüst bis fast ganz nach oben gestiegen waren. Er wagte sich nicht herunter, denn nun – Minuten nach den ersten Schüssen – drang erneut ein Knall an sein Ohr.

»Sind das Cowboys?«, fragte Manuel. Bis eben hatte er völlig übermüdet ausgesehen. Nun leuchteten seine Augen.

Und Tobias brabbelte nach: »Cowboys, Cowboys, Cowboys!«

»Sind das dieselben wie im Freizeitpark?«, wollte der Sechsjährige wissen.

Kern wusste sofort, dass Manuel von der Westernshow im Freizeitpark Schloss Thurn redete, den sie letzten Herbst besucht hatten. Die Westernshow hatte ihn nachhaltig beeindruckt.

»Das könnte sein«, antwortete er – doch was er damit bewirkte, begriff er nur Sekundenbruchteile später: Manuel riss sich los und begann, in Windeseile die Sprossen hinabzusteigen.

»Ich will die Cowboyshow sehen!«, rief er begeistert.

Kern hatte mit dem kleinen Tobias im Arm keine Chance, ihn aufzuhalten.

»Bleib hier!«, brüllte er, ohne dass Manuel reagierte.

Im Nu hatte der Junge den Boden erreicht, sprang in den Sand und rannte los.

Ein Riesenschreck fuhr Kern durch die Glieder, als er mehr oder weniger hilflos mitansehen musste, wie sich eine große aufrechte Gestalt aus der Dunkelheit löste und den Spielplatz betrat. In seiner Panik meinte Kern, es abermals mit einem Bären zu tun zu haben, doch die Silhouette entpuppte sich als einer der Tierpfleger. Gleich nach ihm folgte ein zweiter Mann. Dieser ging in die Knie und umschloss Manuel mit seinen Armen.

Kern fiel eine Zentnerlast vom Herzen!

Direktor Zocher und der Tierarzt waren sehr bald zu demselben Schluss gekommen wie Kellers Sohn Burkhard und setzten seitdem scharfe Munition ein – abgefeuert aus Gewehren, wie sie bei der Großwildjagd üblich waren.

Die drei Weibchen Silke, Nadine und Efgenia lagen inzwischen verendet am Boden. Dunkelrote Flecken säumten ihr weißes Fell. Ein Anblick, der Keller nicht kaltließ. Er fühlte sich nicht viel anders als an einem Tatort mit menschlichem Leichnam. Seinen Empfindungen zum Trotz war ihm bewusst, dass die tödlichen Schüsse notwendig gewesen waren. Niemand hätte es verantworten können oder wollen, die Tiere entkommen zu lassen.

»Herr Kommissar!«, riss ihn eine Stimme aus seinen Gedanken. Er wandte sich um und blickte in das gerötete Gesicht des Direktors. Mit beiden Händen hielt er das Gewehr umklammert.

»Yukon ...«, setzte Zocher an.

»Haben Sie den Bullen auch stellen können?«, fragte Keller, dem das kräftige Männchen die größten Sorgen bereitete.

»Wir haben ihn, ja«, bestätigte Zocher, wirkte aber nach wie vor äußerst angespannt. »Er liegt dort hinten, gleich um die Ecke. Er ist schwer verletzt, versucht aber, wieder auf die Beine zu kommen. Es hat den Anschein, als würde er versuchen, zurück in sein Gehege zu gelangen.«

»Er ist nicht tot?«

»Es geht keine Gefahr mehr von ihm aus. Aber unser Tierarzt bringt es nicht übers Herz, ihm den Fangschuss zu geben.« Zocher schluckte. »Wäre es möglich, dass Sie ...«

Keller verstand. Die Aufgabe, die vor ihm lag, war schwer erträglich. Dennoch stimmte er zu und folgte dem Zoodirektor. Seine Hand tastete nach dem Pistolenholster.

5

--- Mittwoch, 29. März 2000, 20:25 Uhr ---

Keller konnte jetzt nicht einfach zur Tagesordnung übergehen und nach Hause fahren. Dafür fühlte er sich viel zu aufgewühlt. Außerdem betrachtete er es als seine Pflicht, noch heute Abend die Ermittlungen aufzunehmen. Denn inzwischen hatte der für das Eisbärengehege zuständige Pfleger bestätigt, was gerüchteweise bereits die Runde gemacht hatte: Die Schlösser des Geheges waren geknackt worden.

Wenn ein Versäumnis oder eine Nachlässigkeit des Personals ausschied, war das Eisbärendrama ganz klar ein Fall für die Polizei, entschied Keller und bestand darauf, unverzüglich das Gehege besichtigen zu dürfen. Die Kollegen vom Kriminaldauerdienst schlossen sich an, um an Ort und Stelle Spuren zu sichern. Somit würde die Staatsanwaltschaft am folgenden Tag gleich etwas in der Hand haben, um über das weitere Vorgehen zu beraten.

Zocher führte die kleine Gruppe über eine Abkürzung, die Keller trotz zahlreicher Tiergartenbesuche nie und nimmer gefunden hätte, direkt bis zu dem Gehege und weiter zu einer Art rückwärtiger Schleuse, die Keller wegen der vielen daumendicken Stahlgitter an einen Haifischkäfig erinnerte. Schon auf den ersten Blick war zu erkennen, dass die großen Vorhängeschlösser, von denen eines auf dem Betonboden lag, gesprengt worden waren, brachial aufgebrochen mit einem Stemmeisen oder ähnlichem Werkzeug. Die Türen selbst standen bis zum Anschlag offen. Die Eisbären hatten also bloß noch herauszuspazieren brauchen.

»Kameras?«, lautete Kellers naheliegende Frage.

Zocher schüttelte den Kopf. »Für eine Videoüberwachung reicht unser Budget nicht aus. Bisher hielten wir das auch nicht für notwendig.«

Keller wollte eine weitere Frage stellen, doch er verstummte, als er die Hilferufe eines Mannes und gleich darauf Kinderstimmen hörte.

Wortlos brachen er und seine Begleiter auf, um den Stimmen zu folgen.

Sie trafen auf einen aufgelöst wirkenden Mann mit zwei kleinen Jungen an seinen Seiten.

»Haben Sie den Eisbären einfangen können?«, fragte er voller Sorge.

Keller redete beruhigend auf ihn ein und erklärte die Situation, während ein Kollege über Funk die Sanitäter verständigte, um die Familie in Obhut zu nehmen.

Apropos Familie, dachte Keller: Er musste dringend seine Frau informieren, dass es heute sehr spät werden würde ...

Tabea stand nicht mehr der Sinn nach Small Talk mit ihren Freundinnen – nicht nach dem, was sie im Fernseher gesehen hatte. Im Tiergarten spielte sich offenbar eine Tragödie ab – und ihr Chef stand mitten im Geschehen. Das ließ ihr einfach keine Ruhe.

»Ich muss da hin!«, sagte sie und verabschiedete sich überstürzt von den anderen. Sie zahlte und verließ mit den Inlineskates über den Schultern das Wirtshaus. Draußen empfing sie die Dunkelheit des Märzabends, doch es war nicht kalt, und der Geruch nach Frühling lag in der Luft. Bevor sie sich die Skates wieder anschnallte, prüfte sie erneut ihr Handy. Nichts. Hauptkommissar Keller hatte nicht versucht, sie anzurufen. Umso mehr wuchs ihr Wunsch zu erfahren, was er mit dieser Eisbärensache zu tun hatte. Welchen Grund könnte es gegeben haben, das K11 hinzuzuziehen? Ihr fiel keiner ein.

Da sie genau wusste, dass sie Ungewissheit und Neugierde den ganzen restlichen Abend verfolgen würden, entschied sie sich dafür, nachzuforschen. Das Einfachste wäre es wohl, sich bei der Einsatzzentrale zu erkundigen. Lieber war es ihr jedoch, sich selbst ein Bild zu machen.

Mit den Skates würde sie bis zum Schmausenbuck höchstens eine Viertelstunde brauchen.

»Ich möchte mich noch umsehen«, sagte Keller, was Zoodirektor Zocher dazu brachte, die breite Stirn in Falten zu legen.

»Aber Sie haben alles gesehen, Herr Kommissar.« Zocher wirkte müde und abgespannt. »Wir wissen jetzt, dass jemand mutwillig das Gehege geöffnet hat, und Ihre Kollegen haben Fingerabdrücke genommen. Mehr können wir heute Abend nicht tun, oder?«

»Ich habe mitnichten ›alles‹ gesehen«, insistierte Keller, »außerdem kann ich heute Abend eine ganze Menge weitere Dinge tun. Aber Sie müssen mich nicht begleiten, da Sie jetzt sicher anderes zu tun haben: die Kadaver beseitigen lassen und nach niedergetretenen Zäunen bei anderen Gehegen suchen. Das verstehe ich.« Er hob die Taschenlampe an, die ihm der Schutzpolizist am Eingang überlassen hatte. »Ich finde meinen Weg«, sagte er und ließ den Zoodirektor stehen.

Keller schritt den schmalen Pfad ab, der vom aufgebrochenen Tor des Eisbärengeheges wegführte und in einen der offiziellen Gehwege mündete. Hier draußen war es wirklich verdammt dunkel, und er war froh, über eine Taschenlampe zu verfügen. Langsam durch die Finsternis schreitend, konzentrierte sich Keller instinktiv mehr auf seine Ohren als auf die Augen. Der leichte Wind trug ihm das gespenstische Flöten von Nachtvögeln zu. Kurze, spitze Schreie kamen aus Richtung des Pavianreviers. Ein kräftiger Brüller schallte von den Raubtiergehegen herüber. Einige Schritte weiter wunderte sich Keller über eine Art Grunzen oder Blöken. Schafe, dachte er zunächst, doch sofern er sich nicht verlaufen hatte, konnten an dieser Stelle keine Schafe sein. Etwas später kam das Plätschern von Wasser hinzu. Nun gelang ihm die Zuordnung der seltsamen Geräusche: Sie stammten wahrscheinlich von den Robben, deren schwarz glänzende Leiber aus einem der Außenbecken des Delphinariums auftauchten und ihr kehliges Röhren ausstießen.

Keller war keine zehn Minuten unterwegs, als er plötzlich einen Schritt zur Seite machte, um einem unförmigen dunklen Etwas auszuweichen, das mitten auf dem Weg im Lichtkegel seiner Taschenlampe auftauchte. Erst schenkte er dem Haufen keine weitere Beachtung, waren es doch wohl nur die Exkremente irgendeines Tieres. Doch dann stockte Keller, kehrte um und beugte sich hinunter.

Tatsächlich handelte es sich bei dem Klumpen keineswegs um Tierkot, sondern um ein faustgroßes Stück Fleisch. Seltsam, wunderte sich Keller und überlegte, ob es zu einem der getöteten Bären gehören könnte. Da diese lediglich Schussverletzungen aufwiesen, erschien es ihm jedoch als sehr unwahrscheinlich. Welche Erklärung gab es sonst? Hatten die flüchtenden Bären unterwegs etwa Beute gerissen?

Nachdenklich ging Keller weiter und versuchte sich einen Reim auf seinen Fund zu machen. Eine weitere Möglichkeit fiel ihm ein, als er wenig später auf einen zweiten blutigen Klumpen stieß, wiederum genau in der Mitte des Weges. Es sah fast danach aus, als hätte jemand eine Fährte gelegt.

Als Tabea ihre Skates vor dem Hauptportal des Tiergartens auslaufen ließ, fand sie die hohen, schmiedeeisernen Tore geschlossen vor. Über dem Eingangsportal wachten zwei große Bronzelöwen, davor hatte sich ein versprengtes Grüppchen Journalisten gebildet, leicht zu erkennen an den Fotoapparaten und tragbaren Tonbandgeräten. Auch zwei Fernsehteams waren vertreten und hatten ihre klobigen Videokameras auf Stative gepflanzt. Ihnen gegenüber stand einer der Pressesprecher des Polizeipräsidiums, ein alter Hase, den nichts und niemand so schnell aus der Ruhe bringen konnte. Ebenso geduldig wie ausweichend beantwortete er die Fragen der Reporter.

Tabea kurvte an ihm vorbei zum Kassenhaus, wo ein Uniformierter den einzigen offenen Zugang bewachte. Er hob bereits abweisend seine Hände, um die junge Frau in Sportkleidung abzuweisen, als Tabea ihre Marke aus der Gürteltasche zog und sie ihm hinhielt. Der Polizist wunderte sich augenscheinlich, ließ sie aber passieren.

Eine eigentümliche Stimmung herrschte in der nächtlichen Anlage. Da die Wege nur durch bodennahe Lampen beleuchtet wurden, war von den Tiergehegen kaum etwas zu sehen. Tabea war mehr oder weniger auf ihr Gehör beschränkt, um von den tierischen Bewohnern etwas mitzubekommen: In den Bäumen und Sträuchern raschelte es gelegentlich, im Wasser drehten große Fische plätschernd ihre Runden.

Vorm Giraffengehege stieß Tabea auf bekannte Gesichter: Melanie, eine etwa gleichalte Kollegin vom Kriminaldauerdienst, brachte sie auf den neuesten Stand.

»Ihr geht also von Tierschützern aus?«, vergewisserte sich Tabea.

»Wer sonst hätte ein Motiv, so etwas zu tun?«, stellte Melanie die Gegenfrage.

»Ein Verrückter zum Beispiel«, meinte Tabea. »Was hätten Tierschützer davon, die Bären freizulassen, wenn sie doch überhaupt keine Chance haben, allein zu überleben?«

»Vielleicht wollten sie damit ein Zeichen setzen«, mutmaßte Melanie. »Eine Art Fanal. Denn das Medieninteresse ist ihnen mit einer solchen Tat sicher. Und von den Mitarbeitern hier wissen wir, dass sich einige Tiergartenkritiker in letzter Zeit radikalisiert haben.«

»Radikalisiert«, griff Tabea die Vokabel skeptisch auf. »Soso.«

Sie selbst hatte auch etwas gegen Tiere hinter Gittern und neigte deshalb dazu, nach alternativen Lösungsansätzen zu suchen. Daher beschloss sie, sich einmal in Ruhe umzusehen. Wenigstens soweit das in der Dunkelheit möglich war.

Keller setzte seinen Weg fort und schwenkte die Taschenlampe dabei langsam hin und her. Nun hielt er gezielt nach weiteren Köderhappen Ausschau – und wurde fündig. Er gewann den Eindruck, als hätten die Bären durch die ausgelegten Leckerbissen in eine ganz bestimmte Richtung gelenkt werden sollen. Da teilweise lediglich feuchte Stellen auf dem Boden zu sehen waren, ging er davon aus, dass zumindest eines der Tiere darauf angesprochen und einige der Stücke vertilgt hatte.

Keller wollte wissen, wohin die Spur führte, und sah sich nach den nächsten Fleischhappen um, die etwa in einem Abstand von zwanzig Metern ausgelegt worden waren. Er hatte einmal irgendwo gelesen, dass Eisbären besonders empfindliche Nasen hatten und Futter selbst über eine Distanz von mehreren Kilometern wittern konnten. Daher musste es für sie ein Leichtes gewesen sein, dieser Spur zu folgen.

Schließlich gelangte Keller in den hinteren Teil des Tiergartens, der vom dunklen Fichtenband des Reichwalds gesäumt war. Der Täter hatte also nicht die Absicht verfolgt, die Bären in besiedeltes Gebiet zu führen, sondern in die Natur, die vermeintliche Freiheit. Vielleicht hatten sie es mit einem überambitionierten Tierfreund zu tun, mutmaßte Keller im ersten Augenblick. Dann drang Musik an seine Ohren, gefolgt von Stimmen und dem ausgelassenen Lachen einer Frau. Hinter einer Biegung, in der der nächste Fleischklumpen lag, rückten die hell erleuchteten Fenster eines Gebäudes in sein Blickfeld. Das musste die *Waldschänke* sein, ahnte Keller.

Weil sie sich dazu entschieden hatte, den Tiergarten zunächst an seiner äußeren Umgrenzung zu erkunden, kam Tabea nach einer Weile bei der *Waldschänke* an, wo sie schon öfter mal mit Udo gesessen und heißen Kakao mit Sahne genossen hatte. Im Dunkel der Nacht, umgeben vom tiefschwarzen Reichswald, tauchte das heimelig beleuchtete Ausflugslokal wie eine Fata Morgana vor ihr auf. Gelbes Licht trat einladend aus den Fenstern, fröhliche Musik schallte bis zu den angrenzenden Gehegen, ausgelassener Gesang und Lachen überlagerten die gedämpften Nachtrufe der Tiere.

Die haben eindeutig nicht mitbekommen, was passiert ist, folgerte Tabea aus der Sorglosigkeit, mit der sich einige Festgäste auf der Terrasse unterhielten. Zwei Männer standen da in Anzughosen und Hemd, einer trug sein Jackett über dem Arm. Ihnen gegenüber eine Frau in burgunderrotem, tailliertem Abendkleid. Ihr dunkles, glattes Haar reichte ihr bis unter die Schulterblätter. Die Männer schätzte sie auf um die vierzig, die Frau eher auf dreißig. Sie alle hielten Zigaretten in den Händen.

Tabea trat zu ihnen und zog damit verhalten fragende Blicke auf sich. Um Spekulationen zuvorzukommen, hielt sie ihren Ausweis nach oben.

»Kriminaloberkommissarin Marušić«, stellte sie sich vor.

»Waren wir etwa zu laut?«, fragte einer der Männer, in dem Tabea nun einen Stadtrat erkannte.

»Haben sich die Nachbarn beschwert?«, wollte der andere Herr wissen und witzelte: »Waren es die Pinguine oder die Zebras?«

Beide Männer lachten.

Sie haben wirklich keine Ahnung, erkannte Tabea und erklärte: »Wir ermitteln wegen eines schwerwiegenden Vorfalls im Tiergarten. Eine Gruppe Eisbären ist ausgebrochen. Die Tiere mussten erschossen werden. Haben Sie davon gar nichts mitbekommen?«

Tabea fielen Spuren auf den Holzdielen der Terrasse auf: Tellergroße Abdrücke, wie sie nur sehr große Tiere hinterlassen.

»Sehen Sie«, sagte sie und zeigte nach unten. »Einer der Bären muss es bis hierher geschafft haben, ist dann aber offenbar umgekehrt. Sie haben wohl großes Glück gehabt.«

Die Gäste sahen sich betreten an. Die Männer sagten jetzt nichts mehr.

»Das ist ja entsetzlich«, durchbrach die Frau die angespannte Stille.

»Die Gefahr ist inzwischen gebannt«, sagte Tabea. »Dennoch sind wir auf Hinweise angewiesen, denn wir müssen denjenigen oder diejenigen fassen, die das verursacht haben, ehe etwas Ähnliches noch einmal passiert. Wenn also einer der anderen Gäste etwas beobachtet hat ...«

»Ich bin Mareile Eberlein«, fiel ihr die Frau ins Wort. »Mein Mann, Dr. Markus Eberlein, feiert heute seinen sechzigsten Geburtstag. Drinnen herrscht eine ziemlich gute Stimmung, wie Sie hören können. Ich bin mir sicher, dass niemand etwas gesehen oder gehört hat.«

Dass sie den Namen ihres Gatten auffällig stark betont hatte, war Tabea natürlich nicht entgangen. Dr. Markus Eberlein. Diesen Mann kannte wohl jeder in Nürnberg. Einer der ganz Großen im Baugewerbe, zu dessen Imperium hauptsächlich Miets- und Geschäftshäuser zählten. Sollte ihr die Nennung dieses Namens Respekt einflößen und sie von weiteren Ermittlungen abhalten?, fragte sich Tabea.

Wie aus dem Nichts tauchte ein weiterer Mann auf, hochgewachsen und athletisch, der den dunklen Anzug und die Kappe eines Chauffeurs trug.

»Benötigen Sie meine Hilfe, Frau Eberlein?«, erkundigte er sich und musterte Tabea dabei wie eine potenzielle Gegnerin.

»Nein, nein, Said. Alles gut«, sagte Mareile Eberlein und tippte ihm an den Arm. Daraufhin trat er sofort einen Schritt zurück. An Tabea gerichtet sicherte sie zu: »Ich werde meinen Mann über das informieren, was Sie mir berichtet haben. Sollte uns etwas zu Ohren kommen über diese unschöne Angelegenheit, werden wir uns selbstverständlich mit der Polizei in Verbindung setzen.«

Damit sollte das Gespräch offenbar beendet sein, schloss Tabea aus ihren wohlformulierten, aber auch unmissverständlich abschließenden Worten. Unausgesprochen blieb ihre eigentliche Botschaft: Die Party darf nicht gestört werden.

Tabea fiel allerdings auf, dass Frau Eberlein einen weiteren verstohlenen Blick auf die Spuren der Bärentatzen warf, bevor sie mit ihren Begleitern zurück in die Gaststube ging.

Gleich darauf betrat Konrad Keller die Bildfläche. Er kam aus der Dunkelheit, wie zuvor Tabea.

»Du hier?«, konnte er seine Verblüffung kaum verhehlen.

»Ich hab's im Fernsehen verfolgt, da konnte mich nichts halten«, sagte sie und schilderte, was sich seitdem getan hatte.

»Eine Party der Eberleins«, gab Keller nachdenklich von sich, nachdem er aufmerksam zugehört hatte. »Interessant ...«

»Und du?«, wollte Tabea wissen. »Was suchst du hier oben? «

Keller berichtete von der Köderspur, der er gefolgt sei, woraufhin ihn Tabea auf die Tatzenabdrücke aufmerksam machte. Für Keller bestand kein Zweifel, dass die *Waldschänke* wegen dieser Spuren kriminaltechnisch untersucht werden musste.

»Mann, Mann, Mann«, grummelte Keller, als er sich eine halbe Stunde später aus dem Mantel schälte und ihn an den Garderobenständer hängte. Endlich Feierabend, dachte er, endlich zu Hause.

Hauskatze »Maus« begrüßte ihn noch vor seiner Frau Helga in der Wohnung im dritten Stock eines Mehrfamilienhauses an der Martin-Richter-Straße. Das Wohnzimmerfenster gab den Blick über einen Hinterhof bis zum nahen Stresemannplatz frei. In der Ferne sah man die Leuchtschrift der Kinokneipe *Metropolis*.

»Du siehst geschlaucht aus«, sagte Helga, die ihn mit einem Kuss begrüßte. »Ich habe im Radio gehört, was los war. Von einem Toten ist aber nicht die Rede gewesen. Weshalb musstest du ermitteln?«

»Hätte ich nicht gemusst«, entgegnete Keller. »Aber möglicherweise entpuppt sich das Ganze noch als versuchtes Tötungsdelikt. Wir werden sehen.«

»Ich habe das Essen für dich warmgestellt.«

»Danke. Bringst du es mir ins Wohnzimmer? Ich muss jetzt irgendetwas Anspruchsloses im Fernsehen angucken. Das brauche ich zum Abschalten.«

Kaum hatte er diese Worte ausgesprochen, bemerkte er, dass der Fernseher bereits besetzt war. Auf dem Sofa lümmelte Sophie, auf dem Couchtisch eine aufgerissene Tüte Chips und eine Dose Cola. In den Händen hielt die Sechzehnjährige die Steuerung einer Spielkonsole. Vom Eintreffen ihres Vaters bekam sie so gut wie nichts mit, denn ihre volle Konzentration galt den knallbunten Menschenfiguren, die sich auf dem Bildschirm einen Kampf auf Leben und Tod gegen drachenähnliche Gestalten lieferten. Ihr momentanes Lieblingsgame war *Final Fantasy*. Mehrmals hatte Keller angeregt, es doch lieber mal mit *Super Mario Kart* zu versuchen. Da war die Spielidee wenigstens nicht so martialisch. Doch davon wollte Sophie sowieso nichts wissen.

Also setzte sich Keller mit Helga an den Küchentisch. Während er sich Linsen mit Spätzle schmecken ließ, die er mit einem ordentlichen Schuss Weinessig aufpeppte, erzählte er von seinem Tag und Abend. Auch das kurze

Telefonat mit Burkhard erwähnte er, worauf Helga ihren anderen Sohn Jochen ins Gespräch brachte.

Ihr Ältester, der seit einiger Zeit als Journalist arbeitete, habe mal wieder eine neue Freundin, sagte sie. Leyla sei ihr Name. Kellers Freude darüber blieb verhalten. Denn im Gegensatz zum treuherzigen Burkhard, der immer noch mit seiner ersten Jugendliebe zusammen war und sich inzwischen eine eigene Wohnung mit ihr teilte, wechselte Jochen seine Freundinnen wie andere ihre Wäsche. Keller wollte nicht wissen, für wie viele gebrochene Herzen ihr Erstgeborener verantwortlich zeichnete. Helga jedoch pflegte zu betonen, dass zu einer Beziehung immer zwei gehörten. Die jungen Damen konnten schließlich selbst entscheiden, ob sie sich auf Jochen einließen oder nicht.

»Mich wundert, dass er noch nicht angerufen hat«, sagte Helga: »Die Eisbären sind bestimmt eine gute Story für seine Zeitung.«

In diesem Moment klingelte das Telefon.

6

--- Donnerstag, 30. März 2000, 8:20 Uhr ---

Beschwingt trat Keller ein. »Schönen guten Morgen, Frau Kollegin«, sagte er fröhlich und setzte Tabea einen Becher mit Automatenkaffee vor. Er hatte gut geschlafen, fühlte sich ausgeruht und tatendurstig. »Schon so fleißig?«

Tabea löste sich vom Computerbildschirm, auf den sie bis eben gestarrt hatte, blinzelte Keller an und lächelte. »Konrad! Danke für den Kaffee.«

Keller warf einen flüchtigen Blick auf den Monitor. »Geht es schon um die Eisbärensache?« Nachdem er Tabea ja am Abend im Tiergarten getroffen und sich mit ihr ausgetauscht hatte, konnte er davon ausgehen, dass sie sich damit befasste. »Wonach genau suchst du?«

»›Suchen‹ ist das richtige Stichwort«, antwortete Tabea. »Ich recherchiere auf Yahoo, das ist eine Suchmaschine, also eine Art elektronisches Lexikon. Manche Kollegen benutzen lieber das neue Google. Aber wie auch immer: Leider ist unsere Datenübertragung so langsam, dass der Kaffee wahrscheinlich kalt ist, bevor ich Antworten auf meine Suchbegriffe erhalte.«

Yahoo und Google – für Keller waren das böhmische Dörfer. Doch obwohl er Computer mied, wann immer es möglich war, und lieber auf altbewährte Ermittlungsmethoden setzte, wollte er sich dem Fortschritt nicht vollends verschließen. »Alles, was du zum Thema Zoohaltung von Eisbären herausfinden kannst, hilft uns weiter. Du kommst doch sicher auch an Berichte über Tierschutzgruppen in Nürnberg heran? Und mach dich bitte über Dr. Eberlein kundig.«

Tabea neigte verwundert den Kopf. »Den Immobilienkönig? Er hat dort gestern doch bloß seinen Geburtstag gefeiert. Warum soll ich über ihn recherchieren?«

»Nur so ein Gefühl«, sagte Keller, woraufhin Tabea versicherte, ihr Bestes zu geben.

»Aber das kann dauern …«

»Für den Anfang gebe ich mich auch mit Zwischenergebnissen zufrieden. Hauptsache, wir haben bald einen Anhaltspunkt«, sagte Keller. Er selbst wollte sich noch einmal vor Ort umsehen und sich »von Mensch zu Mensch« mit den Beteiligten unterhalten.

Der Tiergarten am Schmausenbuck erwies sich selbst zu dieser frühen Stunde als Publikumsmagnet. Bei denjenigen, die Keller durch die Autoscheiben sah, handelte es sich aber nicht um gewöhnliche Besucher, sondern um Neugierige, darunter Anwohner und einige Pressevertreter. Außerdem war eine übersichtliche Schar Protestierender vor Ort, zu erkennen an den hochgehaltenen Plakaten und dank Trillerpfeifen unüberhörbar. Im Vorbeifahren las Keller die Schlagworte »Eisbären-MÖRDER« und »Tierquäler«. Ob damit der Verursacher des Ausbruchs gemeint war oder die Tiergartenverantwortlichen, erschloss sich Keller nicht auf Anhieb.

Er parkte seinen Dienstwagen, einen zivilen Audi 80, etwas abseits des Eingangs und meldete sich an der Kasse. Kurz darauf wurde er von Direktor Zocher abgeholt. Dieser deutete durch die Gitter des Eingangstors auf die Demonstranten. »Sehen Sie? Als hätten sie nur darauf gewartet, dass so etwas passiert. Nichts gegen Tierschutz, dem wir uns ja selbst verpflichtet fühlen, aber für diese Klientel ist der Protest ein Selbstzweck.«

Während sie durch das Gelände gingen, wo Pfleger und Gärtner damit beschäftigt waren, Futter auszufahren und die Hecken zu stutzen, berichtete Zocher von massiven Protesten mancher Kritiker gegenüber der Tierhaltung in Zoos, insbesondere wenn es um Delphine ging.

»Wir sehen uns da einem Netzwerk gut organisierter Aktivisten gegenüber, die durch fragwürdige Argumentationen die wertvolle Arbeit unseres Delphinariums in Misskredit bringen. Leider geben die Medien solche Pseudoenthüllungen oftmals ungefiltert weiter.«

»Heute dreht es sich aber nicht um Delphine, Herr Zocher, sondern um Eisbären«, stellte Keller klar.

»Schon recht«, pflichtete Zocher ihm bei. »Ich will damit nur sagen, dass sich manch ein vermeintlicher Tierfreund in seine Sache verrennt und den Blick für die Realitäten verliert. Wir wissen von anderen Tierparks, die es mit gewaltbereiten Tierschützern zu tun bekommen, inklusive Sabotageakten mit Sachbeschädigung. Wie es scheint, trifft es jetzt auch uns.«

Sie erreichten das verlassene Eisbärengehege. Keller ließ seine Augen über den Außenbereich mit aus dem Fels gehauenen Plateaus und einem großen Wasserbecken gleiten. Beim Anblick des Geheges waren die Eindrücke der vergangenen Nacht sofort wieder präsent. Vor allem der Moment, als er auf Eisbärmännchen Yukon anlegte, hatte sich ihm tief eingeprägt. Dem sterbenden Tier in die Augen zu sehen hatte ihn sehr bewegt, auch wenn er wusste, dass er den verwundeten Bären durch den Fangschuss erlöst hatte.

Direktor Zocher gingen offenbar ähnliche Gedanken durch den Kopf, denn nach einem tiefen Seufzer sagte er: »Es sind prächtige Tiere gewesen, die sich bei uns sichtlich wohlgefühlt haben. Wir haben sie gut kennenlernen dürfen in der Zeit, in der sie bei uns waren. Jedes Tier hat seinen ganz eigenen Charakter gezeigt, die einen eher zurückhaltend, die anderen neugierig und forsch. Fühlende, entwicklungsfähige Wesen, die ihr Umfeld sehr bewusst erlebt haben. Doch die Öffnung ihres Geheges hat sie vor eine Situation gestellt, der sie nicht gewachsen waren. Umso mehr ärgere ich mich über diese völlig sinnlose Aktion dieser ›Tierschützer‹.«

»Ob wirklich Tieraktivisten dahinterstehen, wird sich zeigen«, sagte Keller und suchte nach dem Weg, der zum rückwärtigen Teil des Geheges führte, dorthin, wo der Zutritt nur fürs Personal erlaubt war und vergangene Nacht die Schlösser gesprengt worden waren.

»Hier entlang«, kam Zocher ihm zu Hilfe.

Sie gingen durch einen tunnelartigen Gang und um eine Kurve. Die Strecke hatte Keller in der abendlichen Dunkelheit als kürzer empfunden.

Die Vorhängeschlösser waren inzwischen sichergestellt worden. Keller zeigte auf das Gatter, an dem sie gehangen hatten. »Man muss sich schon auskennen, um zu wissen, wo und wie man das Gehege öffnen kann, richtig? Haben Sie einmal daran gedacht, dass es einer Ihrer eigenen Leute getan haben könnte?«

»Unmöglich!«, wies Zocher diese Theorie vehement von sich. »Auf unsere Leute ist Verlass. Wir sind ein überschaubares Team, jeder kennt jeden. Es ist fast so wie in einer Familie. Ich lasse auf keinen meiner Mitarbeiterinnen und Mitarbeiter etwas kommen.«

»Es ehrt Sie, wenn Sie sich vor Ihre Mannschaft stellen. Aber denken Sie bitte noch einmal genau nach, ob es da nicht doch jemanden geben könnte. Jemanden, der bei der letzten Beförderung übergangen wurde. Jemanden, der kürzlich Krach mit dem direkten Vorgesetzten hatte. Jemanden, der sich in eine Kollegin verguckt hat und abgewiesen wurde. All diese Situationen können Frust erzeugen, der sich ein Ventil sucht. Selbst wenn es ein so sinnfreies ist wie das Freilassen von Eisbären.«

Zocher schüttelte missbilligend den Kopf, willigte dann jedoch ein, noch mal in sich zu gehen.

Als Nächstes kam Keller auf die ausgelegten Fleischköder zu sprechen, deren Fährte bis zur *Waldschänke* geführt hatte. »Können Sie sich einen Reim darauf machen?«, fragte er.

Zocher entfaltete einen Lageplan des Tiergartens, tippte auf die miniaturisierte Darstellung des Eisbärengeheges und ließ den Zeigefinger bis zur Gaststätte am hinteren Ende des weitläufigen Parks fahren. Dann tippte er auf die dunkelgrün schraffierte Fläche, die sich an das Gasthaus anschloss. »Der Wald«, sagte er. »Ich nehme an, die Bären sollten dorthin gelockt werden, in der irrigen Vorstellung, sie befänden sich dann in Freiheit. Dabei wären ihre Überlebenschancen minimal gewesen. Die Tiere hätten keine Nahrung gefunden und daher sehr bald wieder die Nähe zum Menschen gesucht – was für die Anwohner höchst gefährlich geworden wäre.«

Das hörte sich plausibel an und entsprach den Schlussfolgerungen, die Keller bereits selbst gezogen hatte. Trotzdem wollte er sich nicht verfrüht auf ein Motiv festlegen und eröffnete ein anderes Szenario: »Der Imageschaden für den Tiergarten ist nicht unerheblich, auch wenn Sie und Ihre

Mitarbeiter keine Schuld treffen sollte und Sie alles richtig gemacht haben. Daher frage ich mich, ob es Personen gibt, die einen Grund dafür haben, dem Tiergarten und seinem Renommee ganz bewusst schaden zu wollen.«

»Ist das wieder Ihre Frage nach einem Insider?«, entgegnete Zocher etwas gereizt.

»Wir müssen das gar nicht so eng fassen und ausschließlich auf Sie und Ihr Personal abzielen. Es könnte sich ebenso gut um einen erbosten Nachbarn handeln, der sich aus sonst welchen Gründen gestört fühlt.«

»Nachbarn? Nein, das wüsste ich. In dieser Hinsicht gibt es keine Probleme, eher im Gegenteil. Die Anwohner zählen zu unseren treuesten Besuchern.«

»Wie steht es dann mit *ehemaligen* Beschäftigten?«, führte Keller auf. »Gab es zum Beispiel in jüngster Zeit Entlassungen?«

Wieder sah es so aus, als wollte Zocher solche Verdachtsmomente entschieden von sich weisen, und wieder lenkte er ein: »Unsere Personalabteilung wird das prüfen.«

Tabea betrachtete die Ergebnisse ihrer Onlinerecherche, die in Form von Ausdrucken auf ihrem Schreibtisch lagen. Viel war es nicht, was sie herausgefunden hatte. Einzig die mehrfache Erwähnung der Nürnberger Initiative »Free Zoo Animals« erschien ihr einigermaßen vielversprechend zu sein, da diese Gruppe wiederholt dazu aufgerufen hatte, Tiere aus ihren Käfigen zu befreien. Als Wortführer wurde ein gewisser Frederik Zink genannt, wohnhaft im Stadtteil Gostenhof. Seine Adresse war identisch mit dem Sitz seiner Tierschutzorganisation. Tabea überprüfte ihn in der Polizeidatenbank, fand jedoch keine Vorstrafen oder sonstige Einträge.

Erschöpft durch die lange Bildschirmarbeit rieb sie sich die Augen, reckte sich und kam zu dem Entschluss, dass es höchste Zeit für einen zweiten Kaffee war. Dazu musste sie ihr Büro verlassen und durch die schier endlosen Gänge des Sechzigerjahre-Baus gehen. Das Präsidium, diese übergroße Trutzburg am Rande der Altstadt, war die Schaltzentrale der mittelfränkischen Polizei und bot Platz für Schießstände, Werkstätten, Asservatenkammern und mehr als tausend Mitarbeiter.

»Weißt du es schon?«, wurde Tabea auf dem Weg zum Automaten von Hansi Schmitt angesprochen. Der Schichtleiter der Einsatzzentrale gehörte zu den Urgesteinen in der Belegschaft, und sein schlohweißes Haar ließ ihn noch älter aussehen, als er wahrscheinlich war. »Der Präsi hat eine neue Sonderkommission gebildet, mit zehn Leuten besetzt. Die SoKo Eisbären.«

»Was?«, fragte Tabea überrascht. Davon müsste sie doch wissen. Auch Konrad hatte das ihr gegenüber mit keiner Silbe erwähnt.

»Die SoKo Eisbären«, wiederholte Hansi, weil er glaubte, sie hätte ihn nicht verstanden. »Die Kollegen haben auch schon mit der Arbeit begonnen. Übers Radio wurde ein Zeugenaufruf gestartet, und seitdem glühen natürlich die Drähte. Dass sich der Präsi selbst darum kümmert, zeigt schon, was für ein heißes Eisen das ist. Tote Tiere – das sorgt in der Öffentlichkeit für mehr Aufmerksamkeit als mancher Mord.«

Tabea verschob den Kaffee auf später und klopfte am Vorzimmer des Polizeipräsidenten an. Die beiden Sekretärinnen grüßten sie mit der erwarteten Herablassung. Der Chef sei ohne Terminvereinbarung nicht zu sprechen, und was sie denn überhaupt wolle?

Daraufhin erklärte Tabea, dass sie bei der Bildung der neuen SoKo offenbar übersehen worden sei und nachgemeldet werden wolle. Nein, das habe alles seine Richtigkeit. Die SoKo sei aus den zuständigen Fachkommissariaten bestückt worden, die Mordkommission habe damit nichts zu tun.

»Aber Hauptkommissar Keller ...«, setzte Tabea zum Protest an, wurde jedoch abgebügelt.

»Wir geben dem Chef Bescheid. Vielleicht sieht er ja eine Art Beraterrolle für Herrn Keller vor.«

Enttäuscht und ziemlich geladen stach Tabea durch die Gänge und suchte die Konferenzräume auf. Sie vermutete, hier auf die Mitglieder der SoKo zu treffen. Tatsächlich fand sie die Kolleginnen und Kollegen und war erstaunt über deren Hektik. Die Hälfte telefonierte und schrieb dabei fleißig mit, andere verfolgten das Radio- und Fernsehprogramm, eine Kollegin beschriftete eine Tafel, ein weiterer saß an dem einzigen Computer im Raum.

Tabea blieb im Türrahmen stehen. Hansi hatte völlig recht gehabt: Der Eisbärentod bewegte die Gemüter. Nach dem Aufruf im Radio standen die Leitungen nicht mehr still, und draußen wartete sicher schon ein Großaufgebot der Presse. Ob Keller über all das informiert war?

Nachdem er sich von Zocher verabschiedet hatte, suchte Keller die *Waldschänke* auf. Es ging auf die Mittagszeit zu, und er hatte Hunger. Bei dieser Gelegenheit wollte er ein paar Worte mit dem Wirt wechseln.

Wie Keller beim Eintreten feststellte, waren die Tatzenspuren vor dem Eingang verschwunden. Der Boden sah frisch gewischt aus. Im Inneren der Gaststätte herrschte mäßiger Betrieb. Keller sah eine Familie mit zwei kleinen

Kindern, drei Damen jenseits der siebzig und zwei Männer in der Kluft der Tierpfleger, die hier wohl ihre Mittagspause verbrachten. Hinter einer rustikalen Holztheke stand eine Frau in fränkischer Tracht und polierte Gläser.

Keller sprach sie an. »Grüß Gott, ich hätte gern den Wirt gesprochen.«

Die Frau taxierte ihn kurz, ohne das Tuch aus der Hand zu legen. »Mein Mann ist in der Küche. Was wollen Sie denn von ihm?«

Keller zeigte seinen Dienstausweis. »Es geht um die Eisbären. Vielleicht können Sie mir auch Auskunft geben?«

»Sprechen Sie lieber mit meinem Mann. Ich hole ihn gleich. Was zu essen?« Sie schob ihm eine Karte hin.

»Eine Kleinigkeit, gern.« Keller klopfte seine Jacke nach der Lesebrille ab.

»Fleischküchle? Sechs auf Kraut? Oder ein Paar Wienerle?«, half sie ihm auf die Sprünge.

»Ich nehme die Sechs auf Kraut.«

»Ein Tucher dazu?«

»Danke, lieber eine Apfelschorle.«

»Kommt sofort. Suchen Sie sich einen Platz am Fenster.«

Das Essen traf zeitgleich mit dem Wirt ein, der um die vierzig war, Schnauzbart trug und einen kräftigen Händedruck hatte. »Was kann ich für Sie tun?«, fragte er und setzte sich Keller gegenüber. »Meine Frau sagte, es dreht sich um die Bären. Wir haben davon nicht viel mitbekommen, aber im Nachhinein ist das ein ganz schöner Schreck gewesen.«

»Sie hatten gestern eine größere Festgesellschaft«, stellte Keller fest, während er zu essen begann.

»Ja, mehr als hundert Gäste«, bestätigte der Wirt. »Geschlossene Gesellschaft.«

»Ich weiß, es handelte sich um den Geburtstag von Dr. Eberlein.«

»Ganz richtig«, sagte der Wirt und rückte seine Brille zurecht. »Herr Dr. Eberlein ist ein großer Freund des Tiergartens und ein gern gesehener Gast.«

»Eine illustre Gesellschaft, die sich da gestern Abend versammelt hatte, nicht wahr?«

»Ich verstehe nicht ganz, worauf Sie hinauswollen.« Nach kurzem Zögern sagte er nicht ohne Stolz: »Vom Sparkassendirektor bis zum Staatssekretär war alles dabei. Nicht zu vergessen die letztjährige Miss Norisring. Sie werden darüber morgen in der Zeitung lesen: Die Gesellschaftsreporterin des *Abendblatts* stand ebenfalls auf der Gästeliste.«

»Über hundert Gäste also – und niemand hat etwas bemerkt? Einer der Bären ist immerhin bis dicht vor Ihre Tür gekommen.«

»Nein, offenbar nicht. Aber das ist leicht zu erklären, denn die Musik war laut, die Stimmung gut. Da hat sich keiner für das interessiert, was außerhalb der Gaststube passierte. Und Gott sei Dank ist ja niemand zu Schaden gekommen.«

»Wissen Sie von der Köderspur, die vom Gehege bis zur *Waldschänke* führte?«, fragte Keller.

»Ich habe davon gehört«, antwortete der Wirt mit einem kurzen Blick auf die beiden Tierpfleger am Nachbartisch.

»Haben Sie eine Erklärung dafür? Halten Sie es für möglich, dass es jemand auf Ihre Gaststätte oder Sie selbst abgesehen hatte?«

»Auf mich?« Der Wirt riss die Brauen nach oben. »Aber nein! Wer sollte einen Grund haben, mir ein paar Eisbären auf den Hals zu hetzen? Wie kommen Sie darauf?«

»Wie sieht es mit Ihren Gästen von gestern Abend aus? Könnte die Aktion einem der anwesenden Prominenten gegolten haben oder gar dem Gastgeber Dr. Eberlein selbst?«

»Aktion? Ich weiß nicht, was Sie meinen.« Er zupfte an seiner weißen Jacke. »Ich meine, da hat irgendein Verrückter an den Schlössern herumgespielt und dadurch die Bären losgelassen. Ein missglückter Streich vielleicht oder eine Mutprobe. Aber doch keine Aktion.«

»Denken Sie an die Köderspur.«

Der Wirt schob den Stuhl zurück und stand auf. »Ich kann Ihnen nicht weiterhelfen, tut mir leid. Außerdem habe ich zu tun und muss zurück in die Küche.«

»Eine letzte Frage: Wie reagierte der Gastgeber, nachdem sich die Sache herumgesprochen hatte? Ist Dr. Eberlein nervös geworden?«

»Nein. Ruhig und besonnen, wie man ihn kennt. Wenn überhaupt, dann eher seine Frau. Sie hat darauf gedrängt, dass die Party bald beendet wurde. Sonst hätten die hier wahrscheinlich bis in die Puppen gefeiert, man kennt ja seine Klientel.«

»Danke für Ihre Auskunftsbereitschaft.« Auch Keller stand auf. »Ach, übrigens: Warum haben Sie es eigentlich so eilig gehabt, die Tatzenspuren vor der Tür zu beseitigen? Unsere Spurensicherung hätte sich dafür noch interessiert.«

Der Wirt verzog den Mund. »Ach ja? Das habe ich nicht gewusst. Tut mir leid, aber diese Tatzen waren eine schlechte Werbung für uns, das verstehen Sie sicher.«

Keller zahlte und verließ nachdenklich das Gasthaus. Draußen traf er zu seiner Überraschung auf Hans Seelkopf, Oberkommissar im Einbruchsdezernat, und Elif Çelik aus derselben Dienststelle.

»Was macht ihr denn hier?«, wunderte sich Keller. »Ist jemand in der *Waldschänke* eingestiegen?«

»Ja, beinahe«, antwortete Seelkopf.

Keller sah ihn verwundert an.

»Wir gehören zur SoKo Eisbären und übernehmen hier«, erläuterte Çelik.

»Du kannst zurück ins Präsidium fahren, Konrad. Trink einen Kaffee, leg die Beine hoch und warte auf das nächste Tötungsdelikt«, riet Seelkopf und zog mit Çelik weiter.

Eine Sonderkommission, die sich mit der Eisbärenbefreiung befasste, und er wusste nichts davon? Keller fühlte sich vor den Kopf gestoßen. Umgehend wollte er in die Zentrale, um sich zu beschweren! Doch am Ausgang des Tiergartens geriet er zwischen die Demonstranten. Die Gruppe war inzwischen auf geschätzte zwei Dutzend angewachsen, darunter etliche Jugendliche.

Mittlerweile hatten sie schwarze Grabsteine aus Pappe auf dem Boden verteilt und Grablichter danebengestellt. Mit Sprechchören und Trillerpfeifen sorgten sie für ordentlich Lärm.

Ehe sich's Keller versah, wurde ihm eine Broschüre in die Hand gedrückt, die in großen Lettern postulierte, dass eine artgerechte Haltung in Gefangenschaft nicht möglich sei. Auch die Gründe standen in dem Papier: das große Bewegungsbedürfnis der Wildtiere und die fehlenden Rückzugsmöglichkeiten.

»Die ständige Unruhe im Zoo führt zu Stress. Durch die künstlich zusammengestellten Gruppen leiden vor allem schwächere oder rangniedrige Tiere«, erklärte die Frau, die ihm die Broschüre zugesteckt hatte.

Von der anderen Seite hörte Keller eine sehr markante Stimme: Es war die von Walter Zocher, der die Konfrontation mit den Demonstranten ganz offensichtlich nicht scheute.

»Die Haltung durch Menschenhand ist unerlässlich für die Forschung und daher auch für den Artenschutz«, argumentierte er lautstark gegen das Pfeifkonzert an. »Wir müssen Begeisterung bei den Menschen auslösen, damit sie sich auch für Tiere in freier Wildbahn einsetzen. Das gelingt nur, wenn man die Tiere in der Nähe hat und sie besuchen kann: also im Zoo.«

»Aber ganz bestimmt nicht, wenn man sie tötet!«, fuhr ihn eine Frau im Rentenalter an. Als langjährige Tierpatin und Unterstützerin des Tiergartens sei sie entsetzt und verärgert über die Schüsse auf die Eisbären. »Ich werde meine Tierpatenschaft wegen der vorsätzlichen Tötung von Yukon, Silke, Nadine und Efgenia niederlegen!«

Ein deutlich jüngerer Mann sprang ihr bei: »Es ist unethisch und unmenschlich, die Tiere einfach über die Klinge springen zu lassen!«

Zocher versuchte zu erklären, dass er und sein Team aus einer Notsituation heraus gehandelt hätten: »Uns wird Vermessenheit unterstellt, dass wir uns herausnehmen, Tiere zu töten. Doch es wäre ebenso vermessen gewesen, nichts zu tun. Denken Sie an die Gefahr, die von den Bären ausging.«

»Dann hätten Sie die Eisbären erst gar nicht in Ihren Zoo holen dürfen!«, schimpfte ein weiterer Demonstrant und erntete Beifall.

Ein Teufelskreis, die Fronten waren verhärtet, erkannte Keller und wollte weiter.

Mühsam schob er sich durch die Menge, um endlich zu seinem Auto zu kommen. Doch dann stutzte er und blieb stehen. Er musste zweimal hinsehen, um sich darüber klarzuwerden, dass er die junge Frau inmitten der Demonstranten ziemlich gut kannte. Mit energischen Schritten ging er auf sie zu.

»Sophie! Was zum Teufel hast du hier zu suchen?«

7

--- Donnerstag, 30. März 2000, 13:40 Uhr ---

Tabea hatte den Pförtner gebeten, ihr Bescheid zu geben, sobald Konrad zurückkäme. Nun eilte sie ihm entgegen, um ihn abzufangen und ihn über alles zu informieren, was sich inzwischen getan hatte. Das war nämlich eine ganze Menge!

»Gehen wir in die Kantine«, schlug sie vor, als sie im Treppenhaus auf ihn traf.

»Habe gerade erst gegessen«, entgegnete Keller und wollte weiter. »Ich muss zum Chef. Der kann sich was von mir anhören. Ich lasse mich doch nicht einfach ausbooten.«

Tabea hatte geahnt, dass Keller so reagieren würde. Sein sonst eher blasser Teint hatte sich ins Rötliche verfärbt. Aber sie wollte ihn nicht in sein Unglück rennen lassen und fasste ihn am Saum seiner Jacke. »Moment, Konrad. Hör dir bitte erst an, was ich dir sagen möchte. Die ganze Sache kocht gerade hoch. Der Präsi führt Dauertelefonate mit dem Bürgermeisteramt, habe ich mir sagen lassen. Es wäre keine gute Idee, da jetzt reinzuplatzen.«

Glücklicherweise zeigte Keller ein Einsehen und begleitete sie in die Kantine, wo Tabea sich einen Salat holte und Keller eine Saftschorle. Als sie sich gegenübersaßen, berichtete Tabea, wie sich die Dinge in den vergangenen Stunden überschlagen hatten.

»Inzwischen ist die Presse aus dem ganzen Land dran«, schilderte sie. »Der Oberbürgermeister ist alarmiert und will über alles, was nach draußen geht, vorab informiert werden. Hinter verschlossenen Türen muss es hoch hergegangen sein. Es wurde wohl infrage gestellt, ob es wirklich notwendig gewesen war, die Bären zu erschießen.«

»Im Ernst? Hätten wir sie ins Wohngebiet entkommen lassen sollen?«, empörte sich Keller. »Wenn es verletzte oder gar getötete Anwohner gegeben hätte, wäre der Aufschrei noch viel größer gewesen.« Missbilligend schüttelte er den Kopf. »Die Höhe ist, dass niemand mit mir gesprochen und mich die Lage hat schildern lassen, bevor man sich vom Schreibtisch aus ein Urteil bildet. Die im Rathaus reden mit dem Polizeipräsidenten. Aber ist er es etwa gewesen, der auf den verwundeten Yukon anlegen musste? Nein, ich war es!«

»Natürlich, klar, du hast vollkommen recht. Trotzdem ist jetzt ordentlich Druck im Kessel. Du weißt sicher schon vom Zeugenaufruf im Radio, oder? Inzwischen wurde sogar eine Belohnung ausgesetzt: zwanzigtausend Mark!«

»Donnerwetter!«, staunte Keller. »So ein Budget hätte ich sehr gut für manch einen anderen Fall gebrauchen können.«

»Es haben sich sofort etliche angebliche Zeugen gemeldet«, ging Tabea über seine Bemerkung hinweg. »Darunter die üblichen Klugschwätzer, aber wohl auch einige ernst zu nehmende Hinweise sind eingegangen. Die Kollegen von der SoKo sagen, dass sich gerade alles auf eine Person fokussiert: männlich, mittleres Alter, in Freizeitkleidung und mit Rucksack. Mehrere Anrufer, die gestern im Tiergarten waren, haben angegeben, dass sich der Mann verdächtig verhalten haben soll.«

»Inwiefern verdächtig?«

»Er hat sich wohl den ganzen Nachmittag über im Tiergarten aufgehalten und wurde immer wieder in der Nähe der Eisbären gesichtet. Die Beschreibungen der Zeugen sind so konkret, dass sogar ein Phantombild erstellt werden kann.«

»Das hört sich doch ganz ordentlich an«, gestand Keller den Kollegen zu. Nach einem Seufzer fügte er an: »Mit einer solchen Welle habe ich wirklich nicht gerechnet.«

»Hat sich dein Besuch im Tiergarten denn wenigstens gelohnt?«

»Nicht wirklich.« Keller berichtete von dem Gespräch mit dem Wirt. »Und wie lief's bei dir? Hast du deinem Computer etwas entlocken können?«

Tabea erwähnte die Tierschutzgruppe »Free Zoo Animals« und deren Kopf Frederik Zink. »Nach dem, was das Internet ausspuckt, sind Zinks Ansichten und Forderungen ziemlich radikal. Wer weiß, vielleicht ist er es ja, den die Leute am Gehege gesehen haben wollen. Dann wäre dieser Fall schnell gelöst.«

»Ein Extremist?«

»Er ist nicht aktenkundig.«

»Was nicht ist, kann ja noch werden.«

Tabea schaute sich zu beiden Seiten um, dann beugte sie sich zu Keller vor: »Und nun? Was machen wir jetzt? Halten wir uns raus?«

Keller rieb sich das Kinn. »Nie im Leben«, sagte er mit einem Blitzen in den Augen.

Tabea lächelte. So kannte und schätzte sie ihn.

Heute Abend stand Sport auf dem Programm, ein ziemlich schweißtreibender noch dazu: Keller hatte sich mit seinem

Sohn Jochen zum Squash verabredet (und von Helga den Auftrag erhalten, ihn bei dieser Gelegenheit nach seiner neuen Flamme auszufragen). Da der Court nur für einen bestimmten Zeitraum gebucht war, mussten sie das Reden aber auf danach verschieben.

Jochen, der deutlich größer als sein Vater und gut im Training war, schenkte Keller nichts. Der kleine Ball prallte gegen Wände und Böden, Keller konnte kaum schnell genug reagieren. Ein Punkt nach dem anderen ging an Jochen. Kellers einziger Trumpf lag in seiner Frisur, denn sein Kopf war kahl, während Jochen mit wallendem blonden Haar zu kämpfen hatte, das ihm immer wieder ins Gesicht fiel.

»Hättest du mal ein Stirnband mitgenommen«, zog Keller ihn in einer der kurzen Trinkpausen auf.

»Leyla steht nicht drauf«, entgegnete Jochen. »Sie liebt mein Haar so, wie es ist.«

»Aber Leyla ist gerade nicht hier«, stellte Konrad fest. »Schade eigentlich. Ich hätte sie gern kennengelernt, bevor ...«

»Bevor was?« Jochens Augen verengten sich.

Keller hob die Schultern. »Nun ja, die Halbwertszeit deiner Beziehungen ist nicht gerade lang. Womöglich präsentierst du uns morgen eine Sonja und übermorgen eine Corinna.«

»Sonja hatte ich schon, und eine Corinna kenne ich nicht – noch nicht.« Jochen zwinkerte ihm zu.

Nach dem Spiel duschten sie und setzten sich anschließend an die Sportbar, wo Keller ein leichtes Hefeweizen bestellte, während Jochen den Cocktail des Tages probierte. Dass Keller später wie immer die Zeche zahlen würde, galt als ungeschriebenes Gesetz.

»Gestern Abend am Telefon hast du dir ja nicht viel entlocken lassen«, deutete Jochen an, schnippste eine Zierkirsche beiseite und sog am Strohhalm.

»Du weißt doch, dass ich über laufende Ermittlungen nicht spreche«, sagte Keller. »Schon gar nicht gegenüber einem Reporter des *Abendblatts.*«

»Haha! Du warst groß bei *RTL Franken Life* zu sehen, dann darfst du den Printmedien keinen Korb geben. Schon mal was von Gleichbehandlung gehört?«

»Erstens war ich höchstens kurz im Bild, habe aber kein Interview gegeben. Und zweitens gibt es bei uns Regeln. Für Presseauskünfte ist die Pressestelle zuständig.«

Mit einem schlürfenden Geräusch leerte Jochen das Glas. »Lecker! Schmeckt nach mehr.« Er winkte der Bedienung und bestellte den nächsten Cocktail.

»Du weißt, dass einer neun Mark kostet?«, monierte Keller.

»Wenn du mir rasch ein paar Insiderinfos gibst, beschränke ich mich auf zwei.«

»Das ist Erpressung«, sagte Keller, doch dann kam ihm ein Tauschhandel in den Sinn. »Also gut: Ich gebe dir einen Tipp. Aber nur, wenn du mir ein wenig von Dr. Eberlein erzählst …« Jochen nahm den frischen Cocktail entgegen. »Du hast über Eberlein eine Homestory geschrieben, richtig?«

Jochen bestätigte das und schilderte, mit welcher Herzlichkeit und Offenheit er in der Erlenstegener Villa des Baumoguls aufgenommen worden sei. Volle zwei Stunden habe sich Eberlein Zeit für ihn genommen, ihn durchs Haus geführt und auch Privates ausgeplaudert. »Viel Glamour und heile Welt. Genau solche Storys lieben unsere Leser und Leserinnen«, zeigte sich Jochen überzeugt.

»Gibt es auch eine Seite jenseits des Glamours?«

»Ja, sicher. Aber die hat er mir nicht auf die Nase gebunden. Eberleins Geschäftsgebaren ist ja nicht unumstritten. Unsere Wirtschaftsredaktion ist schon länger dabei, seine Deals mit Stadt und Freistaat unter die Lupe zu nehmen. Dass Eberlein große brachliegende Grundstücke zum Spottpreis übernehmen konnte, um Profit daraus zu ziehen, sieht mancher Mitbewerber kritisch. Andererseits muss man zugestehen, dass er echt was daraus gemacht hat. Diese Objekte schaffen neuen Wohnraum, sind begehrt und bringen Steuergelder ein. Interessanter ist da vielleicht Eberleins neuester Coup: Es heißt, dass er mehrere Wohnblöcke der kommunalen Wohnungsbaugesellschaft kaufen will. Was dann kommt, liegt auf der Hand: Eberlein wird sie entmieten, luxussanieren und zu deutlich höheren Konditionen wieder auf den Markt bringen. Das könnte ein gutes Geschäft werden, manche behaupten allerdings, er könnte sich damit finanziell überheben.«

»Luxussanierungen? Davon dürfte wohl der eine oder andere Mieter nicht ganz so begeistert sein«, argwöhnte Keller.

»Ganz genau. Als ich bei Eberlein war, erwähnte seine Frau Mareile Drohanrufe, die deswegen eingegangen seien. Eberlein ist ihr daraufhin ziemlich über den Mund gefahren und hat versucht, es abzutun. Solche Anrufe gebe es immer mal wieder, hat er behauptet, das seien Neider oder die Konkurrenz, nichts Ernstzunehmendes.«

»Interessant …«

»Jetzt bist du dran, Paps! Was für eine Info kannst du mir über die Eisbären-Sache geben?«

Keller kündigte das Phantombild an, das einen möglichen Verdächtigen zeigen solle. Er wies aber auch auf

Eberleins Geburtstagsfeier in der *Waldschänke* und die Köderspur hin.

Nun war es sein Sohn, der »interessant« sagte.

Vor den anderen Teilnehmern der Demo hatte Keller seine Tochter nicht bloßstellen wollen und es deshalb nur bei ein paar deutlichen Worten belassen. Jetzt am Abend jedoch, zu Hause im Wohnzimmer, wollte er mehr von ihr dazu hören.

»Was hast du mit diesen Demonstranten zu tun?«, fragte er laut, um die schrillen Töne ihres Videogames zu übertönen.

Sophie, den Controller ihrer Spielkonsole in den Händen, sah an ihm vorbei auf den Fernseher: »Später Paps, nach dieser Runde.«

»Ich möchte aber jetzt mit dir darüber reden«, beharrte er.

»Spääääter«, gab sie genervt von sich.

Keller platzte der Kragen und riss ihr den Controller aus der Hand. Dann griff er zur Fernbedienung und schaltete den Fernseher aus.

»Na toll!« Sophie sah ihn wütend an. »Fast hätte ich es ins nächste Level geschafft. Weißt du eigentlich, wie lange ich gebraucht habe, um so weit zu kommen?«

»Du solltest lieber mehr Zeit in die Schule investieren, deine Noten sind ja momentan wirklich nicht gerade berauschend.«

»Oh Mann ...« Sophie seufzte herzhaft.

Keller wusste, dass er sich mit solchen Vater-Tochter-Gesprächen nicht beliebt machte, aber es ging nun mal nicht anders. Noch einmal erkundigte er sich nach Sophies Gründen, sich der Demo angeschlossen zu haben.

»Weil ich dagegen bin!«, sagte sie voller Überzeugung. »Gegen den sinnlosen Tiermord. Gestern waren es die Eisbären, und was kommt morgen?«

»Das ist doch Unsinn, Sophie.« Keller setzte sich zu ihr aufs Sofa. »Für die Leute vom Tiergarten ist es auch ganz furchtbar, dass die Bären sterben mussten. Glaub mir: Sie haben alles versucht, um das zu verhindern. Aber sie hatten keine Wahl. Ich war ja dabei und habe alles miterlebt.«

»Das Problem beginnt doch schon damit, dass man Wildtiere überhaupt einsperrt«, argumentierte sie. »Die armen Kreaturen hausen hinter Gittern wie Schwerverbrecher im Hochsicherheitsgefängnis. Nur mit dem Unterschied, dass die Tiere niemandem etwas getan haben.«

»Sophie, ich will mich mit dir nicht über das Für und Wider von Zoos unterhalten ...«

»Sondern? Du wolltest wissen, warum ich auf der Demo war, nun musst du dir auch meine Antworten anhören. Selbst wenn die Wahrheit unbequem ist.«

»Mir geht es darum, dass du nicht in falsche Kreise gerätst.«

Sophie verdrehte die Augen. »Für wie naiv hältst du mich eigentlich? Ich bin sechzehn, Paps, und kann selbst auf mich aufpassen.«

Die Diskussion ging weiter, bis Helga dazukam und sich darüber beschwerte, dass die beiden so laut waren.

Sophie nahm das zum Anlass, sich ihren Controller zurückzuholen. Bevor sie aber den Fernseher einschalten konnte, wollte Keller noch etwas von ihr wissen.

»Wie hast du von der Demo erfahren?«, fragte er. »Wer hat sie organisiert?«

»In der Schule hat jemand Flyer verteilt. Von einer Gruppe, die sich ›Free Zoo Animals‹ nennt.« Sie fasste in die

Hosentasche ihrer Jeans und zog einen zerknitterten Zettel heraus. »Hier. Darfst du behalten, wenn dich das so sehr interessiert. Vielleicht läufst du ja beim nächsten Mal mit.«

»Free Zoo Animals« – das war die Gruppe, von der Tabea gesprochen hatte. Keller fiel die Ähnlichkeit zu der Broschüre auf, die ihm von einer der Demonstrantinnen am Tiergarten zugesteckt worden war. Es musste sich um ein und dieselbe Gruppierung handeln. Ein Gespräch mit dem Leiter könnte sich vielleicht lohnen.

8

--- Freitag, 31. März 2000, 08:00 Uhr ---

So sauer war Tabea schon lange nicht mehr gewesen.

»Scheiße!«

Was bildete sich dieser Typ eigentlich ein? In Gedanken bei ihrem Freund Udo stürmte sie mit so viel Schwung ins Büro, dass die Tür krachend gegen einen Aktenschrank stieß. Zum Glück war Konrad noch nicht da, dachte sie, atmete mehrmals tief durch und setzte sich an ihren Schreibtisch.

Keller traf wenige Minuten nach ihr ein und hatte wieder einen Kaffee für sie dabei. Den konnte sie gebrauchen!

»Danke«, sagte sie mit einem gezwungenen Lächeln.

Keller setzte sich ihr gegenüber an seinen Platz. »Bitte, gern geschehen.« Er nahm sich eine Akte und blätterte darin herum.

»Frag ruhig«, sagte Tabea. »Du hast es doch eh gemerkt.«

»Was?«, erkundigte sich Keller, ohne von seiner Akte aufzusehen. »Dass du dich mal wieder mit Udo gestritten hast? Das geht mich nichts an, oder? Jeder hat sein Päcklein zu tragen. Ich zum Beispiel habe es mir gestern Abend mit meiner Tochter verscherzt.«

»Er will es einfach nicht begreifen«, sagte Tabea und nippte am Becher. »Ja, ich bin Beamtin, genau wie Udo. Das heißt aber noch lange nicht, dass ich dieselben Arbeitszeiten habe wie er. Ist ja prima, wenn einen die Post pünktlich Feierabend machen lässt. Bei der Polizei geht das nun mal nicht. Doch das will einfach nicht in seinen Kopf.«

»Ja, meine liebe Helga ist auch nicht immer glücklich, wenn das Essen kalt wird oder sie allein ins Theater gehen muss.«

»Aber sie macht dir deswegen nicht die Hölle heiß!«, regte sich Tabea auf. »Das ist der springende Punkt!«

»Am Anfang unserer Ehe kam das durchaus vor ...«

Tabea schüttelte entschieden den Kopf. »Udo ist einfach viel zu sehr auf sich und seine Vorstellungen von einer Beziehung fixiert. Wenn es nach ihm ginge, müsste ich den Job an den Nagel hängen und etwas Ungefährliches wie Kindergärtnerin oder Frisörin werden.«

»Ich würde leider nicht zu deinen Kunden zählen«, sagte Keller und fuhr sich mit der Hand über den kahlen Kopf.

»Sei doch bitte einmal ernst, wenn ich dir mein Herz öffne.«

»Ich bezweifle, dass dir das helfen würde. Mit deinem Udo musst du dich selbst arrangieren, da helfen keine kollegialen Ratschläge.« Keller räusperte sich. »Aber du hast recht, wir sollten mehr Ernsthaftigkeit in unsere Unterhaltung bringen. Kurzer Informationsabgleich: Wie kommt die Eisbären-SoKo voran? Hast du was läuten hören?«

»Das Phantombild ist gestern an die Presse gegangen, eigentlich müsstest du heute Morgen bei der Frühstückslektüre drübergestolpert sein. Die Telefondrähte glühen immer noch. Letzter Stand waren hundertfünfzig Hinweise.«

»Alle Achtung! Um die alle abzuarbeiten, müssen die Kollegen Überstunden einlegen.«

Mit einem Augenzwinkern merkte Tabea an: »Wir könnten ihnen ja etwas unter die Arme greifen.«

»Wenn ich mich weiterhin aktiv einmische, gibt es Ärger von ganz oben«, dämpfte Keller die Erwartungen.

»Bei mir würde man das vielleicht nicht ganz so eng sehen«, hielt Tabea dem entgegen. »Soll ich mal zufällig am Konferenzraum vorbeigehen und hineinspitzen?«

Keller kräuselte die Stirn. Doch dann klarten seine Gesichtszüge auf, und er sagte: »Mach das! Bei der Gelegenheit kannst du dich erkundigen, ob es irgendwelche konkreteren Hinweise in Richtung ›Free Zoo Animals‹ gibt.«

Er zeigte ihr die Broschüre, die er mitgebracht hatte. »Möglicherweise handelt es sich bei dem Mann auf dem Phantombild ja um eines ihrer Mitglieder. Ich werde mich in der gleichen Richtung orientieren und bei der Zentrale der Tierschützer anklopfen. Die Adresse steht auf dem Flyer. Es ist dieselbe Anschrift in Gostenhof, die du bereits aus dem Internet gefischt hast.« Verschmitzt fügte er hinzu: »Falls in der Zwischenzeit jemand nach mir fragen sollte, zuckst du mit den Schultern und sagst: ›Keine Ahnung, wo er schon wieder steckt.‹«

»Geht klar!« Sie stupste ihn an. »Ich wusste ja, dass du dich nicht raushalten kannst, selbst wenn es dir später auf die Füße fallen sollte.«

Mit ihrem Auftrag im Gepäck machte sich Tabea auf den Weg. Der Konferenzraum, der der Sonderkommission als zentrale Anlaufstelle diente, ließ sie an einen Bienenstock denken: ein ständiges Kommen und Gehen, emsiges Herumgerenne, Grüppchenbildung hier und dort. An mehreren Pinnwänden hingen Fotos, die sowohl die getöteten Eisbären zeigten wie auch die zerstörten Schlösser ihres Geheges. Weiterhin war ein großer Lageplan aufgehängt worden, den die Kollegen mit bunten Fähnchen gespickt hatten. Von einem anderen Brett starrte sie das mit groben Strichen gezeichnete Phantombild des Gesuchten an.

Ronja Grabowsky, mit der sich Tabea öfter beim Schießtraining gemessen hatte, kam mit einem Notizblock in der Hand vorbei. Die recht kleine und kompakte Frau schien sie zunächst gar nicht wahrzunehmen und wäre an ihr vorbeigerauscht, wenn Tabea nicht auf sich aufmerksam gemacht hätte: »Ronja! Im Stress?«

Ronja bremste dermaßen plötzlich ab, dass Tabea meinte, das Quietschen ihrer Sohlen zu hören. »Stress ist gar kein Ausdruck!« Sie wedelte mit dem Block. »Wir werden überflutet von Hinweisen aus der Bevölkerung.«

»Das ist doch schön.«

»Nicht, wenn sie in die Hunderte gehen.« Wieder schwenkte sie den Notizblock hin und her. »Da ist natürlich viel Unsinn dabei. Aber auch einiges, dem man nachgehen muss. Das hier zum Beispiel: Ein Anruf aus dem Tiergarten selbst. Die vom Personalbüro behaupten, dass unser Phantombild einem Bewerber ähnelt, den sie abgelehnt haben.«

Tabea stieß einen Pfiff aus. »Das hört sich nach einer Spur an. Wisst ihr schon Näheres?«

»Nicht sehr viel. Nur dass der Mann recht unverständig auf die Abweisung reagiert haben soll. Am Tattag im Tiergarten trug der Gesuchte laut Augenzeugen übrigens einen hellblauen Trainingsanzug und einen Rucksack auf dem Rücken.«

»Und die vom Tiergarten sind sicher, dass der abgewiesene Bewerber und der Mann vom Suchbild ein und dieselbe Person sind?«

»Sie sagen, dass die Ähnlichkeit nicht zu übersehen ist.« Ronja sah ihre Notizen durch. »Die Tiergartenverwaltung hat uns Name und Adresse nennen können. Heiko Scholz heißt der Mann. In unserer Kartei taucht er nicht auf, trotzdem muss er natürlich überprüft werden. Sobald Kapazitäten dafür frei sind, kümmern wir uns darum, aber vorher müssen wir einige andere Tipps abarbeiten. Denn auch etliche Anrufer wollen den Mann vom Phantombild erkannt haben: Mal ist es ihr Nachbar, mal ein Supermarktverkäufer oder der Briefträger.«

Jemand stieß sie im Vorbeilaufen an, worauf Ronja der Block aus den Händen rutschte. Tabea hob ihn für sie auf.

»Wenn du willst, kann ich das hier übernehmen«, schlug sie vor. »Im K 11 haben wir im Moment nicht gerade Hochsaison, die Gewaltverbrecher scheinen eine Frühlingspause einzulegen.« Sie schenkte der überarbeiteten Kollegin ein aufmunterndes Lächeln. »Die Straße, in der Scholz wohnt, kenne ich. Ich fahre raus nach Langwasser und klopfe bei ihm an. Mal sehen, wie er reagiert, wenn ich ihn auf die Eisbären anspreche.«

Ronja wirkte sehr erleichtert. »Die ganzen Anrufe und Faxe können einen echt in den Wahnsinn treiben, und eigentlich wollte ich heute nicht schon wieder zehn Stunden oder mehr arbeiten. Wenn du das also für uns machen würdest …«

»Sehr gern!«, versicherte Tabea und scherzte: »Dafür ziele ich nächstes Mal am Schießstand daneben, damit du Schützenkönigin des Tages wirst.«

»Das möchte ich erleben! Solange ich dich kenne, hast du die Scheibe noch nie verfehlt.«

Kellers Ziel lag am Petra-Kelly-Platz, eine belebte Kreuzung der Gostenhofer Hauptstraße mit der Knauerstraße, der Petzoltstraße und der Bauerngasse. In Nürnberg mochte es an die hundert Plätze geben, darunter Verkehrsknoten und

Betonwüsten. Ganz anders diese von mittelgroßen Altbauten umgebene Gabelung, die der Nordstadtmensch Keller besonders schätzte und für ein verstecktes Juwel hielt. Im Sommer verweilten hier die Gäste der umliegenden Gastronomie unter Ahornbäumen, aßen Snacks auf Holzbänken oder tranken Tee in Korbsesseln, und am Abend herrschte eine nahezu südländische Atmosphäre.

Keller überquerte eine Kiesfläche, auf der Dutzende Motorroller und Fahrräder parkten, und betrat ein Eckhaus mit sandsteinerner Front. Im Treppenhaus, das noch das Flair des ausgehenden neunzehnten Jahrhunderts ausstrahlte, aber dringend sanierungsbedürftig war, suchte er nach der richtigen Etage. An einer hölzernen Tür im zweiten Stock war mit Heftzwecken ein Pappschild angebracht worden, das den Namen der Tierschutzgruppe trug: »Free Zoo Animals«. Keller klopfte an, doch niemand reagierte. Da er aber von innen Stimmen hörte und die Tür nur angelehnt war, machte er einen großen Schritt über einen Haufen abgesprengten Putz hinweg und ging hinein.

Hohe Wände, weite Räume, große Fenster und Stuckreste an den Decken. Keller fand sich in der ehemaligen Wohnung einer gutbürgerlichen Familie wieder, nur dass sie nicht mit antikem Mobiliar ausgestattet war, sondern mit schmucklosen Regalen und einfachen Sitzgelegenheiten vom Möbelschnäppchenmarkt.

Im früheren Wohnzimmer traf er auf zwei Männer und drei Frauen zwischen Anfang zwanzig und Mitte dreißig. Lässig gekleidet, die Haare lang. Ökos, kam es Keller verallgemeinernd in den Sinn. Die Gruppe war damit beschäftigt, Flyer zu falten. Hinter ihnen lehnten einige der Schilder und Transparente, die Keller bei der Demo vorm Tiergarten wahrgenommen hatte. Kaum hatte Keller das Zimmer betreten, verstummten die Gespräche. Nur das alte Kofferradio auf der Fensterbank plärrte weiter Musik aus den Charts.

Einer der Männer trat nach vorn. Keller sah sofort, dass weder er noch der andere Mann Ähnlichkeit mit dem Phantombild aufwies, das er sich zuvor genau eingeprägt hatte. Es wäre ja auch zu leicht gewesen ...

»Wer sind Sie?«, fragte der sich nähernde Mann mit resolutem Ton. »Warum platzen Sie hier einfach rein?«

»Die Tür stand offen«, antwortete Keller ruhig und holte seinen Ausweis aus der Tasche.

»Ein Bulle«, rief eine der Frauen. Eine andere ging schnell zum Fenster und schnippte eine halb gerauchte Zigarette hinaus.

Aus dem süßlichen Duft, der in der Luft lag, zog Keller seine Schlüsse, doch er sagte nichts. »Ich komme wegen des Vorfalls im Tiergarten.«

»Vorfall? Was soll das denn heißen?«, fragte der Mann, bei dem es sich offensichtlich um den Wortführer der Gruppe handelte. »Was wirft uns die Polizei vor? Dass unsere kleine Demo nicht angemeldet war? Ja, kann sein. Aber, Mann, das war ein ganz spontanes Ding. Wir haben das über Nacht geplant und einige Leute zusammengetrommelt.«

»Wir wollten zeigen, dass es so nicht geht«, meldete sich die Frau zu Wort, die den Joint weggeworfen hatte. »Die Tiermörder sollten sehen, dass sie damit nicht durchkommen.«

Keller spürte sehr wohl die aufgeladene Atmosphäre und erklärte: »Ich werfe Ihnen rein gar nichts vor, sondern möchte Sie lediglich als Zeugen hören. Wir sind auf der Suche nach demjenigen oder derjenigen, die die Tür des Geheges geöffnet hat und ...«

Der Wortführer unterbrach ihn: »Sie erwarten wirklich, dass wir Ihnen jetzt einen Namen nennen? Wofür halten Sie uns? Für Denunzianten?«

»Der Bärenbefreier hat den Schutz und die Unterstützung eines jeden guten Tierfreunds verdient«, rief die Frau. »Nie im Leben würden wir so jemanden verraten.«

»Immerhin hat die ›Befreiung‹, wie Sie es nennen, zum Tod von vier Eisbären geführt«, konterte Keller.

»Dafür tragen Leute wie Sie Verantwortung, die Tiergefängnisse wie den Nürnberger Zoo verteidigen!«

Keller hob beruhigend die Arme, doch die Situation ließ sich nicht mehr retten. Eine der Frauen griff nach einer Videokamera, die auf dem Tisch neben den Transparenten lag, und richtete sie auf Keller.

»Wir sehen hier einen Akt von Polizeiwillkür«, sagte sie laut und deutlich, während sie Keller filmte.

»Legen Sie die Kamera weg!«, rief Keller zornig.

Doch die Frau dachte gar nicht daran. »Dieser Vertreter des Polizeiapparats ist widerrechtlich in unsere Wohnung eingedrungen, um uns mit haltlosen Vorwürfen einzuschüchtern und zu bedrohen.«

Keller verspürte den Drang, der Frau die Kamera einfach aus der Hand zu schlagen, doch damit hätte er alles nur schlimmer gemacht und würde später in Erklärungsnot geraten. Also zog er sich rückwärts gehend in den Flur zurück.

Der Wortführer der Gruppe folgte ihm, die anderen blieben glücklicherweise dort, wo sie waren.

»Und jetzt raus hier!«, befahl der Mann, dessen markantes Kinn seinen entschlossenen Eindruck verstärkte.

»Sie sind Herr Zink?«, fragte Keller, als er schon auf der Schwelle der Wohnungstür stand. »Frederik Zink? Sie sind der Mieter dieser Wohnung, richtig?«

»Ich behaupte mal, das geht Sie nichts an.«

»Als Polizeibeamter bin ich berechtigt, eine Personenkontrolle durchzuführen und mir Ihren Ausweis zeigen zu lassen«, entgegnete Keller.

»Nicht ohne triftigen Grund«, fauchte der andere ihn an. »Hören Sie, Mann: Das, was Sie hier abziehen, geht alles an die Presse.«

»Bitte mäßigen Sie sich. Es gibt überhaupt keinen Grund dafür, ausfallend zu werden.«

»Wissen Sie, was ich machen werde? Ich schnappe mir jetzt das Telefon und rufe beim Funkhaus an. Die werden sich die Finger danach lecken, wenn ich ihnen ein Exklusivinterview über Polizeiwillkür in Gostenhof gebe – beileibe kein neues Thema, aber Sie haben es soeben befeuert.«

Keller setzte zu einer weiteren Erwiderung an, doch dann sah er ein, dass es vorerst das Beste sein würde, wortlos das Feld zu räumen.

Tabea entschied sich für die U-Bahn, um nach Langwasser zu kommen. Dort, in einem der großen Wohnblöcke, war Heiko Scholz gemeldet. Während sie in dem Waggon saß, dessen kunstlederne Sitzpolster deutlich sichtbar mehrmals aufgeschlitzt und wieder geflickt worden waren, zog sie ihr eigenes Vorhaben in Zweifel – immerhin befand sie sich auf dem Weg zu einem Tatverdächtigen, für dessen Befragung man normalerweise zu zweit auftrat, damit es immer jemanden gab, der die getroffenen Aussagen bezeugen und einem den Rücken freihalten konnte. Denn man wusste ja nie, wie ein Verdächtiger reagierte.

Sie tröstete sich mit dem Gedanken daran, dass der mögliche Täter vermutlich keine Körperverletzung oder Schlimmeres auf dem Kerbholz hatte, sondern – wenn überhaupt – lediglich ein paar Vorhängeschlösser aufgebrochen hatte.

Sie stieg an der Haltestelle »Messe« aus und ging den Rest des Weges zu Fuß. Die anonyme Hochhaustristesse versetzte Tabea in eine seltsame Stimmung. Nachdenklich passierte sie einen Spielplatz, der im Schatten eines der Betongiganten lag. Auf einer Bank drückten sich drei Jugendliche herum, die ihr verstohlene Blicke zuwarfen.

Tabea war in einem ganz ähnlichen Umfeld aufgewachsen. Bis zum siebzehnten Lebensjahr hatte sie in einer Satellitenstadt vor den Toren Dubrovniks gewohnt, bevor ihre Eltern mit ihr vor den Bürgerkriegsunruhen nach Deutschland geflüchtet waren. Neun Jahre lag das nun zurück – und der Krieg in ihrer alten Heimat tobte stellenweise noch immer. Auch wenn in Kroatien selbst wieder Ruhe eingekehrt war, würde sie nicht dorthin zurückkehren, denn ihr Lebensmittelpunkt lag inzwischen in Nürnberg. Hier lebten Teile ihrer Familie, ihre Freunde, hier hatte sie eine Arbeit, die sie forderte und ausfüllte.

Scholz' Wohnung lag im vierzehnten Stock. Im Aufzug fehlte der Knopf mit der Nummer 13, woraus Tabea schloss, dass es sich streng genommen um die dreizehnte Etage handelte. Ein schlechtes Omen?

Nach dem zweiten Klingeln hörte sie aus dem Inneren der Wohnung Schritte, dann die Stimme eines Mannes.

»Wer ist da?«

»Mein Name ist Marušić«, sagte Tabea laut, und dann etwas leiser: »Polizei, bitte öffnen Sie die Tür.«

Es dauerte einige Sekunden, bevor ein Schlüssel klimperte und die Tür geöffnet wurde. Ihr gegenüber stand ein hagerer Mann in Jogginghosen, um die dreißig, unrasiert und hohläugig. Tabea erkannte in ihm auf Anhieb den Mann von dem Phantombild wieder. Kein Zweifel: Die Personalleiter des Tiergartens hatten richtig gelegen.

Beherzt hielt sie ihm ihre Polizeimarke entgegen und sagte: »Wir haben einen Hinweis erhalten, der Sie in Verbindung mit einer Straftat bringt. Ich muss mit Ihnen darüber reden.«

Scholz hielt ihrem Blick nicht stand, trat mit zögernder Bewegung zur Seite und ließ sie ein.

»Danke«, sagte Tabea und betrachtete flüchtig die einfache Einrichtung des kleinen Appartements. In einem kombinierten Wohn- und Arbeitszimmer mit Blick auf die Hallendächer des nahen Messegeländes blieben sie stehen. Tabea brachte ihr Anliegen vor, hielt jedoch zurück, dass Scholz auf dem Phantombild erkannt worden war.

»Die Sache mit den Eisbären haben Sie verfolgt?«, vergewisserte sie sich. »Es lief im Fernsehen und im Radio, auch die Zeitungen sind voll davon.«

»Ja, ja, ich weiß«, sagte Scholz mit verhuschtem Blick.

»Dann wissen Sie auch, dass alle vier Bären getötet werden mussten. Das gewaltsame Öffnen der Schlösser hatte also schwerwiegende Folgen.« Sie wartete auf eine Reaktion.

Doch Scholz sagte nur: »Ja.«

Tabea wechselte die Strategie und fragte nun ganz offen: »Trifft es zu, dass Sie sich kürzlich für eine Stelle im Tiergarten beworben haben?«

Es kam ihr so vor, als würde ein kurzes Zucken Scholz' dürren Körper durchfahren.

Doch wieder blieb die Antwort einsilbig: »Ja.«

»Ihre Bewerbung wurde abgelehnt«, stellte Tabea fest und beobachtete ihn weiter.

Scholz ließ ein schwaches Nicken erkennen.

»Haben Sie sich noch woanders beworben?«

Kopfschütteln.

»Demnach sind Sie derzeit arbeitslos.«

Nicken.

»Warum sollte es denn der Tiergarten sein? Haben Sie eine Ausbildung in dieser Richtung?«

»Ich mag Tiere. Ich gehe da gern hin.«

»Trotz der Absage.«

»Ja, ich mag die Tiere.«

»Wie war das denn am Mittwoch, also vorgestern, in den späten Nachmittagsstunden? Sind Sie da auch im Tiergarten gewesen?«

Scholz kratzte sich am Kopf. »Das weiß ich nicht mehr.«

»Ich helfe Ihrem Gedächtnis auf die Sprünge: Mehrere Zeugen haben Sie in der Nähe des Eisbärengeheges gesehen.«

Wieder zuckte Scholz kaum merklich zusammen. »Ich war das nicht«, sagte er dann, ohne Tabea anzuschauen. »Ich habe die Eisbären nicht rausgelassen. Das bin ich nicht gewesen.«

»Sprechen Sie bitte offen mit mir, Herr Scholz«, sagte Tabea in scharfem Ton. »Ist es nicht so, dass Sie am Mittwoch in den Zoo gegangen sind, um sich für die Absage zu revanchieren? Um es der Tiergartenleitung heimzuzahlen? Laut der Zeugen trugen Sie einen Rucksack bei sich. Hatten Sie darin eine Rohrzange oder ein Stemmeisen versteckt, um die Schlösser an dem Gehege zu knacken?«

Scholz' Augen streiften die von Tabea. Sie meinte einen Anflug von Furcht darin zu erkennen.

»Ich war das nicht«, wiederholte er.

»Aber Sie sind dort gewesen, Herr Scholz. Sie waren am Mittwoch im Tiergarten, dafür gibt es Zeugen.«

Er hob die schmalen Schultern. »Schon möglich. Am Mittwoch oder am Dienstag. Vielleicht auch an beiden Tagen, ich kann mich nicht mehr so genau erinnern. Das Wetter war ja schön. Da bin ich viel draußen. Und ich mag Tiere.«

9

--- Freitag, 31. März 2000, 12:20 Uhr ---

Unterwegs zurück zum Präsidium war Keller noch immer ziemlich sauer auf Frederik Zink und dessen Gruppe, mehr noch aber über sich selbst, denn seinen Auftritt konnte er nicht anders als amateurhaft bezeichnen. Keller hatte keinerlei Informationen gewonnen, aber eine breite Angriffsfläche geboten. Wenn es dumm lief, würde tatsächlich ein lokaler Radiosender auf Zinks Vorwürfe eingehen und Keller an den Pranger stellen.

Er überlegte, ob er besser die Pressestelle des Präsidiums vorwarnen sollte, wurde jedoch vom Handy aus seinen Überlegungen gerissen. Er zog das mattschwarze Motorola aus der Jacketttasche.

Die Leitstelle meldete einen Arbeitsunfall mit unklarer Ursache. Der Kollege sprach von nichtnatürlichem Tod, Fremdeinwirkung könne nicht ausgeschlossen werden. Von den Kräften vor Ort sei daher auch das K 11 angefordert worden.

»Bin so schnell wie möglich da«, sagte Keller und bat um weitere Informationen.

»Auf der Großbaustelle in Eberhardshof«, schnarrte die Stimme durch den Hörer. »Ein Lastenaufzug ist ungebremst in die Tiefe gerauscht, Feuerwehr und BRK sind bereits vor Ort.«

Keller wollte sich nach dem Opfer erkundigen, doch das Gespräch brach mangels Akkukapazität ab, was leider viel zu oft passierte. Einer von vielen Gründen, aus denen Keller Handys nicht besonders mochte.

Die toten Eisbären und Tierschützer Zink waren auf seiner Prioritätenliste ein ganzes Stück nach unten gesackt, als Keller auf dem Areal unweit der Fürther Straße eintraf, über dem seit einiger Zeit ein Dutzend Kräne kreisten. Er stieß auf ein beachtliches Polizeiaufgebot, ergänzt durch die vielen Rettungskräfte. Ein Mensch war ums Leben gekommen, und dennoch erschien Keller alles ein wenig übertrieben, zumal er jetzt auch noch zwei Vertreter der Staatsanwaltschaft sah. Als würde einer nicht genügen.

»Wo ist der tote Arbeiter?«, sprach Keller einen Uniformierten an.

Dieser zeigte in Richtung eines eingerüsteten Rohbaus und sagte: »Dort, direkt am Baustellenlift. Aber er war kein Arbeiter.«

Keller stutzte. »Sondern?«

»Ich dachte, Sie wüssten bereits Bescheid, Herr Hauptkommissar?«

»Nein, weiß ich nicht«, entgegnete Keller ungeduldig.

Der Polizist sah ihn ernst an. »Bei dem Verstorbenen handelt es sich um Dr. Eberlein, den Bauherrn.«

»Was?«, platzte es aus Keller heraus. Er ließ den Polizisten stehen und lief auf den Aufzug zu, der in das Baugerüst integriert war und Fahrten bis aufs Flachdach ermöglichte. Schon von Weitem konnte er sehen, dass von der Aufzugskabine bloß Trümmer übrig geblieben waren. Verbogene Rohre schlangen sich um herausgebrochene Lochblechplatten, Schrauben und Nieten verteilten sich über den Boden, und mittendrin lag das ausgefranste Ende eines gerissenen Stahlseils. Der Leichnam war inzwischen geborgen und mit einem weißen Laken abgedeckt worden. Am Ort des Geschehens hatten sich weitere Polizisten in Uniform neben Sanitätern, einem Notarzt und mehreren Feuerwehrleuten versammelt. Keller erkannte auch Kollegen des Kriminaldauerdienstes und sprach einen von ihnen an.

»Wir wissen noch nicht viel«, sagte der Kollege. »Der Notarzt spricht von Genickbruch als Todesursache, aber der Tote weist auch viele andere sichtbare Verletzungen auf, wie Prellungen, Schnittwunden und einen offenen Bruch am linken Bein. Soweit wir wissen, hielt sich das Opfer auf dem Dach auf und ist dann in den Lastenaufzug gestiegen, um wieder nach unten zu fahren.«

Keller sah am Gerüst hinauf. Er schätzte, dass das Hallendach auf einer Höhe von mindestens dreißig Metern lag. »Wie konnte es zu dem Absturz kommen?«

»Das wissen wir nicht. Die KTU ist unterwegs, es wurde außerdem ein Sachverständiger von der Landesgewerbeanstalt angefordert. Staatsanwalt Maier hat darauf bestanden.«

Keller blickte sich nach dem gerade Erwähnten um und mahlte mit den Zähnen. Die Staatsanwaltschaft meinte offenbar, der Kripo schon zu Beginn der Ermittlungen ins Handwerk pfuschen zu müssen. Diesen Übereifer konnte sich Keller nur mit der Prominenz des Toten erklären.

Würden die Augenzeugenberichte und das vermeintliche Motiv reichen, um einen Haftbefehl für Heiko Scholz zu bekommen? Während Tabea in ihrem Büro darüber nachdachte und mit der Hand einen leeren Pappbecher zerknautschte, fiel ihr ein, dass sie sich ja auch um die Tierschutzgruppe kümmern sollte, die Keller im Visier hatte, der darauf zählte, dass sie im Internet weiteres Material sammeln würde.

Tabea wollte das alles nicht allein auf ihren Schultern tragen. Sie pfefferte den Becher in den Müll, verließ das Büro und strebte in Richtung Konferenzraum, um das Vorgehen gegen Heiko Scholz in die Hände der zuständigen SoKo Eisbären zu legen. Ein begründeter Anfangsverdacht war nach ihrem Vorgespräch mit ihm in jedem Fall gegeben.

Das war allerdings leichter gesagt als getan, denn bei den Kollegen herrschte wieder einmal Bienenstockalarm. Als Tabea den Raum betrat, wurde sie nicht einmal wahrgenommen. Doch nicht alle hingen am Telefon, standen am Faxgerät oder pinnten Fotos an die Wände. Eine rasch größer werdende Gruppe versammelte sich vor einem Radio in der Ecke. Neugierig trat Tabea näher heran und mischte sich unter die angespannt Lauschenden.

Sie erkannte die Stimme des Moderators Harry Hertel, von dessen Morning Show sie sich schon manches Mal hatte wecken lassen; inzwischen moderierte er wohl das Mittagsprogramm. Sonst eher auf leichte Unterhaltung ausgerichtet, gab Hertel heute ganz den ernst zu nehmenden Reporter, der seinen Hörern Aufklärung im Eisbärendrama versprach. Als seinen Studiogast stellte er den Landtagsabgeordneten Manfred Bäumle vor.

»Ausgerechnet der«, kommentierte die neben Tabea stehende Kollegin.

Bäumle, bekannt für seine mitunter grenzwertigen Bierzeltreden, machte seinem Ruf alle Ehre und schimpfte über laxe Sicherheitsmaßnahmen im Tiergarten und schleppende Polizeiarbeit.

Im Raum wurden einzelne Buhrufe laut. Gleich danach aber waren alle mucksmäuschenstill. Denn Bäumle war noch nicht am Ende, sondern teilte jetzt gezielt gegen eine Person aus: Konrad Keller!

Tabea glaubte nicht richtig zu hören, als sich ausgerechnet der konservative Bäumle schützend vor die »zu Recht aufgebrachten Tierschützer« stellte und sich gegen eine Vorverurteilung durch die Ermittlungsbehörden verwahrte.

»Das, was sich ein gewisser Hauptkommissar Keller herausgenommen hat und wofür mir hinreichende Belege vonseiten einer Tierschutzorganisation vorliegen, grenzt an Willkür. Es darf nicht sein, dass derjenige, der sich für das Tierwohl einsetzt, automatisch mit einem Bein im Gefängnis steht. Was ich fordere, ist mehr Fingerspitzengefühl von Beamten wie Herrn Keller, die immerhin von unser aller Steuergeld bezahlt werden – auch von dem aufrichtiger Tierfreunde.«

Tabea schwirrte der Kopf, als sie sich langsam aus der Gruppe zurückzog. Ob Keller von der Kampagne wusste, die gegen ihn lief? Falls nicht, musste sie ihn dringend informieren. Sie griff nach ihrem Handy. Im selben Moment spürte sie eine Hand auf ihrer Schulter.

»Hier bist du!« Es war Hansi aus der Einsatzzentrale. »Wir haben versucht, dich zu erreichen. Du bist angefordert wegen eines Todesfalls, ein Verbrechen ist nicht auszuschließen. Beeil dich, der Hauptkommissar ist schon vor Ort!«

Schutzpolizisten hielten Neugierige und Pressevertreter fern, gleichzeitig drängte eine Kollegin der Pressestelle, Keller möge ihr doch bitte möglichst bald etwas an die

Hand geben. Kein Wunder angesichts der Prominenz des Verstorbenen.

»War es ein Unfall oder steckt doch mehr dahinter?«, fragte sie mit ernster Miene.

Keller spürte den Druck nur zu deutlich und merkte, wie sein Deo versagte. Das mochte auch an der Sonne liegen, die ungewöhnlich stark war für diese Jahreszeit. Und auf dem Baustellengelände gab es nichts zum Unterstellen. Höchstens die Baugerüste, aber unter die wollte sich Keller nicht ohne Schutzhelm wagen. Eine Umgebung zum Nachdenken war das hier ohnehin nicht, denn die Arbeiten ruhten zwar, nicht aber der Baustellenverkehr. Unablässig fuhren Kleinlaster von Elektrikern, Malern und Fensterbauern vor, dann wollte sich der Fahrer eines Betonmischers den Weg freihupen und lieferte sich ein Wortgefecht mit einem Schutzpolizisten, der ihn abzuweisen versuchte. Der Beton müsse jetzt sofort verarbeitet werden, beharrte der Fahrer, er könne nicht warten. Keller stöhnte angesichts dieses turbulenten Umfelds.

Zum Glück lieferte die kriminaltechnische Untersuchung sehr schnell erste Ergebnisse: »Diese Art von Aufzügen wird mechanisch gegen unkontrollierte Abfahrten gesichert«, erklärte ihm einer der Kriminaltechniker, der sich an Keller wandte und den er auf das Alter seines Sohnes Jochen schätzte. »Das sind im Grunde genommen einfache Bolzen, die automatisch herausklappen, sobald das Tempo zu hoch wird, etwa wenn das Seil reißt. Man kann diesen Mechanismus aber relativ leicht umgehen, indem man die Bolzen arretiert. Eine Schwachstelle dieser Konstruktion.«

»Ist es möglich, dass das unbeabsichtigt geschehen ist?«, erkundigte sich Keller. »Dass jemand beim Aufbauen des Lifts geschlampt hat?«

»Uns wurde gesagt, dass der Aufzug schon seit über einer Woche in Betrieb ist, und es ist die ganze Zeit über nichts passiert. Außerdem ist noch eine weitere Sicherung außer Betrieb gesetzt worden: Die Seilwinde verfügt ebenfalls über einen Schnappmechanismus, der einrastet, sobald sie zu schnell rotiert. Der Schnapper ist von jemandem zurückgeklappt worden.«

»Also Vorsatz«, folgerte Keller mit düsterem Blick. »Schon eine Ahnung, wer dazu imstande sein könnte?«

»Auf jeden Fall muss es jemand gewesen sein, der sich mit der Aufzugstechnik auskennt. Dann ist es allerdings keine Kunst, die beiden Sicherungen zu umgehen. Das sind nur zwei kleine Handgriffe«, erklärte der Kriminaltechniker.

»Danke, Sie haben mir sehr geholfen«, sagte Keller, drehte sich um und sah, wie Tabea auf ihn zulief. Sie wich dabei einem Gabelstapler aus, dessen Fahrer sich nicht an den polizeilich verhängten Baustopp hielt. Anschließend musste sie im Slalom einige tiefe Schlaglöcher umgehen, in denen das trübe Wasser des letzten Wolkenbruchs schwappte. Sie war außer Atem, als sie bei Keller ankam, und ihre Wangen waren gerötet.

»Hast du es schon gehört?«, fragte sie und schnappte nach Luft. »Du bist *das* Aufregerthema im Radio! Irgendwelche Tierschützer machen Front gegen dich.«

»Verdammt!« Keller trat fest mit dem Fuß auf. »Das habe ich befürchtet. Es sind nicht irgendwelche Tierschützer, sondern Frederik Zink und seine Leute. Ich habe den Fehler begangen, bei denen ohne Durchsuchungsbeschluss reinzuschneien.«

»Und ohne Begleitung«, ergänzte Tabea. »Die könnten dir jetzt alles Mögliche anhängen.« Selbstkritisch fügte sie hinzu: »Wir hätten uns heute Morgen nicht aufteilen sollen.«

Sie kamen nicht dazu, ihr Gespräch fortzusetzen, denn eine Polizistin wies die beiden auf die Zeugen des Fahrstuhlabsturzes hin, darunter Frau Eberlein, die ihren Mann bei der Baustellenbesichtigung begleitet hatte.

»Frau Eberlein ist hier?«, fragte Keller verwundert und erschrocken zugleich. Es musste ein absoluter Schock für sie gewesen ein, den tödlichen Absturz ihres Mannes aus nächster Nähe mitverfolgen zu müssen.

Die Polizistin nickte und deutete auf einen Rettungswagen. Auch heute gab Mareile Eberlein eine elegante Erscheinung ab – hochgestecktes Haar, anthrazitfarbenes Kostüm und modischer Blazer. Ein tadelloses Auftreten für eine Frau der gehobenen Gesellschaft, doch die Körperhaltung drückte ihren Schmerz allzu offensichtlich aus.

»Komm!«, sagte Keller zu Tabea. »Wir müssen versuchen, ihre Zeugenaussage aufzunehmen. Jetzt sind die Eindrücke noch frisch und unverfälscht.«

»Wenn die Arme dazu in der Lage ist ...«, zweifelte Tabea.

Aus der Nähe betrachtet wirkte Mareile Eberlein wie eine zerbrechliche Puppe. Ihre Haut war weiß wie Porzellan. In der einen Hand hielt sie einen Becher mit dampfendem Tee, in der anderen eine glimmende Zigarette.

»Mein Beileid«, sagte Keller und drückte sein Bedauern darüber aus, sie in einer solchen Situation befragen zu müssen.

»Schon gut«, antwortete die Witwe mit brüchiger Stimme und erhob sich. »Tun Sie Ihre Pflicht.«

Keller klappte einen Notizblock auf. »Können Sie uns die Minuten vor dem Unglück schildern, bitte?«

Mareile Eberleins Augen glitten hin und her, während sie sich die schrecklichen Ereignisse ins Gedächtnis rief.

»Wir sind zusammen mit dem Bauleiter und der Architektin auf das Dach gefahren, weil man von dort die beste Aussicht auf das Areal hat. Mein Mann wollte, dass ich mir das einmal ansehe, denn dieses Projekt liegt ihm wirklich sehr am Herzen.« Sie schluckte und sog hastig an der Zigarette.

»War außer den genannten Personen noch jemand auf dem Dach?«, fragte Tabea.

»Ja, Said, unser Fahrer, und einige der Arbeiter. Aber die waren schon dort, als wir ankamen.«

»Sind Sie gemeinsam im Lift gewesen oder einzeln nach oben gefahren?«, fragte Keller.

»Zusammen, die Kabine ist groß genug.«

»Weshalb ist Ihr Mann dann allein gewesen, als es wieder nach unten ging?«

»Er stand unter Zeitdruck, der nächste Termin wartete, aber ich konnte mich nicht von der Aussicht losreißen. Der Bauleiter und Lisa, unsere Architektin, sind bei mir geblieben. Auch Said, weil Markus heute selbst gefahren ist, er hatte den Porsche genommen. – Wenn ich mir vorstelle, dass wir zusammen in den Aufzug gestiegen wären ... Mein Gott, dann gäbe es jetzt mindestens vier Tote.« Sie taumelte leicht, woraufhin Keller sie stützte.

»Geht es?«, fragte er fürsorglich.

»Ja, ja, mir ist nur gerade erst bewusst geworden, dass mir das Gleiche wie Markus hätte passieren können.«

Keller merkte, wie Tabea Frau Eberlein musterte. Dann fragte sie: »Haben Sie die Baustelle spontan besucht, oder war der Termin geplant?«

Mareile Eberlein folgte Tabeas Blicken auf ihre Füße, die in lackglänzenden Pumps steckten. »Ach so, ich verstehe. Ja, die Baustellenbesichtigung ist geplant gewesen, aber danach wollte ich zu meiner Kosmetikerin in die Stadt.« Sie nickte in Richtung eines Bauhelms, der auf dem Trittbrett des Krankentransporters lag. »Den habe ich vorschriftsmäßig getragen, sonst hätte sich Markus nur wieder aufgeregt.«

Der Helm hatte Markus Eberlein auch nicht mehr geholfen, dachte Keller, behielt das jedoch für sich. Stattdessen fragte er: »Als Ihr Mann vorausging, um in den Aufzug zu steigen – haben Sie da sonst noch jemanden in seiner Nähe beobachtet?«

Mareile Eberlein dachte kurz nach. »Nein, ich glaube nicht.«

»Sie glauben?«, hakte Tabea nach.

»Ich habe nicht darauf geachtet, weil ich mich ja auf die Gebäude ringsum konzentriert habe. Aber ich denke nicht, dass jemand in Markus' Nähe gewesen ist. Außer vielleicht die Arbeiter, die dort zu tun hatten.«

»Sie haben also niemanden beobachtet, der sich an der Winde oder dem Aufzug selbst zu schaffen gemacht hat?«, wurde Tabea konkreter.

»Du meine Güte, nein! Sonst hätte ich doch reagiert und etwas unternommen.«

»Schon gut, Frau Eberlein«, beruhigte Keller. »Fürs Erste reichen uns diese Auskünfte.« Nach kurzer Pause fügte er hinzu: »Übrigens kennen wir uns. Ich weiß nicht, ob Sie sich erinnern, aber wir standen uns erst vor Kurzem gegenüber: an der *Waldschänke*. Sie unterhielten sich dort mit meiner Kollegin, ich kam gegen Ende dazu.«

Mareile Eberlein neigte den Kopf. »Ach, deshalb kommen Sie mir bekannt vor. Ja, jetzt erinnere ich mich.«

»Können wir Sie vielleicht nach Hause fahren oder an einen anderen Ort, wenn Sie möchten?«, bot er an.

»Sehr freundlich, aber nein, ich komme zurecht.« Sie blickte zur Seite.

In einiger Entfernung sah Keller eine dunkelblaue Mercedes-Limousine stehen. An der Motorhaube lehnte ein Mann in Chauffeuruniform. Wahrscheinlich der Fahrer namens Said, der auch auf der Terrasse vor der *Waldschänke* dabei gewesen war, vermutete Keller.

10

--- Freitag, 31. März 2000, 16:05 Uhr ---

Im Präsidium wurden Nägel mit Köpfen gemacht: Der Präsident ließ eine eigene SoKo Eberlein einrichten, wie erwartet mit Keller an der Spitze.

»Ich hoffe, Sie wissen, was das heißt«, raunte der um Kopflänge größere Polizeipräsident Keller zu, während sie sich im zugigen Treppenhaus gegenüberstanden. Die Uniform mit goldenen Sternen und Lorbeer auf den Schulterklappen unterstrich die Bedeutung seiner Worte. »Ihre volle Aufmerksamkeit gilt ab jetzt der Aufklärung des Falls Eberlein. Sie bekommen ausreichend Personal und Befugnisse, und wir nehmen Sie aus der Schusslinie, was Ihren Auftritt bei den Tierschützern anbelangt. Im Gegenzug erwarte ich, dass Sie sich aus der Arbeit der SoKo Eisbären raushalten.«

Nun wandte er sich Tabea zu, die neben Keller stand: »Das gilt auch für Sie. Das, was Sie über den Verdächtigen Scholz herausgefunden haben, ist hilfreich. Trotzdem ...« Ein Lächeln stand in seinem fleischigen Gesicht, die Augen aber blieben kalt und ungerührt. »... halten Sie sich ab jetzt an die Regeln.«

Keller und Tabea sahen dem schrankbreiten Rücken des Präsidenten nach, als er sich entfernte.

»Da sind wir ja noch mal mit einem blauen Auge davongekommen«, flüsterte Keller ihr zu.

»Und jetzt?«, fragte Tabea, der der Auftritt ihres obersten Chefs ordentlich Respekt eingeflößt hatte.

»Jetzt schauen wir erst einmal in der Kantine vorbei, ob wir etwas zu essen bekommen«, antwortete Keller, der die Zurechtweisung weitaus gelassener aufgenommen zu haben schien. Mit Blick auf die Uhr sagte er: »Wie wäre es mit einem Stück Kuchen?«

Tabea entschied sich stattdessen für eine Obstschale und setzte sich in der Kantine Keller gegenüber. Die Hartschalenstühle waren unbequem wie immer, das kalte Licht ungemütlich und die Temperatur ein paar Grad zu niedrig. Trotzdem genoss sie die kurze Pause, denn dieser Tag hatte sie bisher keine einzige Sekunde zur Ruhe kommen lassen.

»Was glaubst du, wie viele Leute uns am Ende wirklich zugeordnet werden?«, fragte Keller und machte sich über ein stattliches Stück Kuchen her. »Der Großteil des Budgets geht für die SoKo Eisbären drauf, nicht wahr?«

»Da bin ich nicht so sicher. Eberlein kannte Hinz und Kunz, der Presserummel wegen seines Todes könnte ähnlich groß ausfallen wie der der Bären.«

Keller rechnete vor: »Gehen wir mal vom Minimum aus: Wir brauchen den Kommissionsleiter plus Vertretung, das sind wir beide. Dann den Aktenführer und die Ermittlungsteams. Ich habe schon Fälle bearbeitet, da zählte unser Team zwanzig Köpfe.«

»So viele werden es diesmal wohl nicht«, vermutete Tabea, die die angespannte Personallage kannte.

»Siehst du!«

»Was soll das heißen, Konrad? Eigentlich kann es dir doch fast egal sein, wie groß deine SoKo ist, denn am liebsten machst du sowieso alles allein.«

Keller setzte zu einer Antwort an, nahm stattdessen aber einen weiteren Bissen von der Sahnetorte.

Tabeas Blicke wanderten zu einem Fernseher, der zur Zerstreuung und Information der Kantinengäste auf ein Regal gesetzt worden war. Das Bild war nicht besonders gut und flimmerte. Aber es reichte, um zu erkennen, dass gerade ein Bericht über den Tiergarten ausgestrahlt wurde. Tabea sah, wie Zoodirektor Zocher ein Mikrofon vor die Nase gehalten wurde und er gestenreich Erklärungen abgab. Weil in der Kantine kaum etwas los und die Geräuschkulisse niedrig war, konnte Tabea einige Bruchstücke des Interviews hören: Von verbesserter Sicherheitstechnik war da die Rede, neuartigen Schließanlagen und Kameraüberwachung an den Raubtiergehegen. Außerdem solle bald eine Gitterwand zum benachbarten Tiergartenhotel aufgestellt werden. Die Stadt habe dafür kurzfristig Gelder bewilligt.

Das ging aber fix, fand Tabea und war sich ziemlich sicher, dass sehr bald auch ein Täter präsentiert werden würde, denn die Öffentlichkeit gierte nach einer schnellen Lösung.

Heute kam Keller trotz allem pünktlich zum Abendessen nach Hause, denn bevor die Ergebnisse aus der Rechtsmedizin und die der Spurensicherung vorlagen, konnte er im Fall Eberlein nichts weiter tun.

»Damit hatte ich nicht gerechnet«, meinte Helga und wischte sich die Hände an der Schürze ab. »Du hast Glück: Es gibt Krautwickel mit Dunkelbiersauce, und davon sogar reichlich, denn Sophie ist im Hungerstreik.«

»Wieso das denn?«, fragte Keller und stellte seine Aktentasche ab.

Helga merkte natürlich sofort, dass sich die Lederriemen spannten, und ahnte: »Dein früher Feierabend bedeutet, dass du dir Arbeit mit nach Hause genommen hast und wir keinen gemütlichen Abend verbringen, richtig?«

»Doch, doch, mein Schatz«, versicherte Keller und küsste sie auf die Wange. »Du suchst einen schönen Film oder eine Quizshow aus, und ich setze mich mit meinen Unterlagen daneben. Ich muss bloß zwei, drei Zeugenbefragungen durchgehen, das geht ganz flott.« Er spähte an Helga vorbei auf die geschlossene Zimmertür ihrer Tochter. »Warum will sie denn nichts essen?«

Helga seufzte. »Aus Protest. Sie will sich ab sofort fleischlos ernähren, damit kein Tier ihretwegen sterben muss. Also habe ich zu ihr gesagt: Einverstanden, aber dann stell dich bitte selbst an den Herd, denn mit Grünkernbratlingen und Ähnlichem kenne ich mich nicht aus. Das wollte sie aber auch nicht und hat stattdessen ihre Tür zugeknallt.«

Keller klopfte an Sophies Tür, worauf nur ein kurzes, grantiges »Was willst du?« zurückkam.

»Ich bin es, dein Paps.«

»Bleib draußen!«

»Aber Sophie ...«

»Im Radio haben sie über dich geredet. Ist das wahr, dass du eine Razzia bei meiner Tierschutzgruppe gemacht hast?«

Keller drückte die Klinke. Sophie hockte auf ihrem Bett und starrte ihn zornig an.

»Von einer Razzia kann überhaupt keine Rede sein. Ich wollte mit diesen Leuten bloß reden. Das ist mein Job.«

»Dein Job ist es auch, den Zooleuten beim Töten von Tieren zu helfen!«

»Jetzt mach aber mal halblang!«

Kurz darauf, beim Abendessen, glänzte Sophie weiter durch Abwesenheit.

»Von wem sie bloß diesen Dickkopf geerbt hat?«, stellte Keller in den Raum.

»Jedenfalls nicht von mir«, sagte Helga in ihrer ausgleichenden Art und gab ihm eine Roulade auf den Teller. »Den Beitrag im Radio habe ich übrigens auch gehört«, deutete sie an, während sie dunkelbraune Sauce über dem Essen verteilte.

Keller holte tief Luft. »Da bin ich wohl etwas übereifrig gewesen«, räumte er ein und erklärte, wie es zu der Zuspitzung bei den Tierschützern gekommen war. Er rechne jedoch mit keinen großen Konsequenzen, da es Frederik Zink und »Free Zoo Animals« in seinen Augen nur um Aufmerksamkeit und das Bedienen von Feindbildern ging. Ein Ziel, das sie ja nun erreicht hätten. »Ich muss mich jetzt ohnehin voll und ganz auf die Untersuchungen im Fall Eberlein konzentrieren. Das hat oberste Priorität fürs K 11, um die Bären soll sich die zuständige SoKo kümmern.«

Helga schenkte sich und ihm Wasser ein. »Das wird wohl das Beste sein«, meinte sie. »Allerdings: Ist es nicht ein seltsamer Zufall, dass Eberlein zumindest indirekt mit der Eisbärensache zu tun hatte? Seine Geburtstagsfeier in der *Waldschänke* und die Köderspur, von der du erzählt hast – das macht einen doch stutzig.«

»Du meinst, das mit den Eisbären ist ein erster, gescheiterter Anschlag auf sein Leben gewesen, und nachdem das nicht geklappt hat, versuchte es der Täter auf der Baustelle noch einmal, diesmal mit Erfolg?« Keller rückte seine Brille zurecht. »Daran habe ich natürlich auch gleich gedacht. Doch es gibt eine Reihe von Gründen, die dagegen sprechen: Für die Sache mit den Eisbären hat Tabea bereits einen Verdächtigen ausgemacht, den mehrere Zeugen zur fraglichen Zeit am Tatort gesehen haben und der ein ganz anderes Motiv für die Tat zu haben scheint. Davon abgesehen wäre es sehr ambitioniert und auch gewagt gewesen, die Bären zur *Waldschänke* zu lotsen, um Eberlein durch sie töten zu lassen. Denn es hätte genauso gut einen der vielen anderen Gäste treffen können. Außerdem hätte sich der Täter der Gefahr ausgesetzt, beim Aufbrechen der Gehegetür oder Auslegen der Köder gesehen zu werden. Die Beschreibungen der Tiergartenbesucher beziehen sich aber durchweg nur auf den Mann, den Tabea bereits im Visier hat. Und der hat – soweit wir wissen – nicht das Geringste mit Eberlein zu tun.«

»Trotzdem kommt es mir merkwürdig vor«, beharrte Helga. »Mein Bauchgefühl sagt mir, dass dieser Zufall kein Zufall ist.«

Ihr Bauchgefühl hatte Helga noch nie getäuscht, dachte Keller. Und auch er glaubte nicht an Zufälle. Doch ohne weiter darauf einzugehen, widmete er sich dem Essen. Helga hatte sich wieder einmal selbst übertroffen, es war einfach köstlich.

Statt eines Nachtischs legte sie ihm eine Zeitschrift auf den Tisch, ein lokales VIP-Magazin. Keller wusste, dass Helga ab und zu in solchen Heften blätterte. Ihn selbst interessierten Klatsch und Tratsch allerdings nicht besonders.

»Ich habe einen Knick in eine Seite gemacht«, erläuterte sie. »Schau dir das mal an, das könnte dich interessieren.«

Keller wusste noch immer nicht, worauf sie hinauswollte, und schlug das Blatt auf. Er sah eine Bilderleiste mit Aufnahmen, die bei einer Wohltätigkeitsveranstaltung entstanden waren. Etliche mehr oder weniger prominente Persönlichkeiten aus der Region lächelten in die Kamera, durchweg gut gekleidet, die Herren in Anzügen, die Frauen in teuer aussehenden Kleidern, mit aufwendigen Frisuren und reichlich Schmuck. Eine dieser Damen stach besonders heraus, denn sie war jünger als die meisten anderen und mit ihrem langen Haar und den zart geschnittenen Gesichtszügen eine echte Schönheit. Keller hatte ihr erst vor wenigen Stunden gegenübergestanden, nur hatte sie da nicht gelächelt wie hier auf den Fotos, sondern sich Tränen aus dem Gesicht gewischt.

Helga tippte auf eines der Bilder mit Mareile Eberlein und sagte: »Fällt dir etwas auf: Sie hat immer jemanden neben sich, unterschiedliche Männer. Aber nie ihren eigenen.«

11

--- Samstag, 1. April 2000, 8:20 Uhr ---

Dieses Wochenende würde keines werden. Sie standen im Fall Eberlein ganz am Anfang und konnten sich keine zwei Tage Ermittlungspause leisten. Das jedoch ihrem Freund begreiflich zu machen, der sich auf einen Stadtbummel mit anschließendem Kinobesuch gefreut hatte, kostete Tabea sehr viel Kraft. Udo zeigte überhaupt kein Verständnis für ihre Lage und schlug ernsthaft vor, sie könnte sich doch krankschreiben lassen. Sie gingen mal wieder im Streit auseinander, und Tabea verließ die gemeinsame Wohnung, ohne sich von ihm zu verabschieden.

Auf dem Jakobsplatz vor dem Präsidium kam ihr Ronja von der SoKo Eisbären entgegen. Wie es schien, war sie bestens gelaunt.

»Einen wunderschönen guten Morgen«, flötete sie. »Ich gehe jetzt ins Wochenende.«

»Wie das?«, wunderte sich Tabea.

»Die SoKo ist aufgelöst!«, antwortete sie mit breitem Grinsen. »Heiko Scholz wurde dem Ermittlungsrichter vorgeführt, und der hat Haftbefehl erlassen. Die Staatsanwaltschaft kann Scholz nachweisen, dass er sich zum Tatzeitpunkt im Tatbereich aufhielt. Dazu kommt sein Motiv.« Sie tänzelte davon, drehte sich dann aber noch einmal um: »Übrigens danke dir für deine Hilfe, Tabea! Du musst

Scholz mit deinem Besuch ganz schön eingeschüchtert haben. Er ließ sich widerstandslos festnehmen.«

»Gern …«, sagte Tabea leise und passierte nachdenklich die Pforte.

Während die Mitglieder der einen Sonderkommission zusammenpackten, ging es bei ihrer eigenen gerade erst richtig los. Tabea mischte sich unter die Kollegen, die bereits am Arbeiten waren, und hörte sich an, was es Neues gab.

Die Zeugenaussagen hätten leider nur das bestätigt, was schon zu Beginn der Ermittlungen bekannt gewesen war, berichtete Sonja, die Protokollführerin. Eberlein habe sich nach seinem Aufenthalt auf dem Hallendach allein in den Aufzug begeben und sei mit der Kabine abgestürzt. Zu diesem Zeitpunkt habe sich niemand anderes im oder am Lift aufgehalten.

Henri, ein alter Hase der Kriminaltechnik, bestätigte ihr, dass die beiden mechanischen Sicherungen des Aufzugs deaktiviert worden waren. »Ob da jemand mit Vorsatz gehandelt hat, ist offen«, fügte der Grauhaarige hinzu. »Wird schwierig sein, das nachzuweisen, denn die Hebel könnten ja auch durch ein Versehen umgelegt worden sein.«

»Wie sieht es mit Fingerabdrücken aus?«

Henri verwies auf die neben ihm stehende Kollegin namens Pamela. Tabea kannte sie bisher nur flüchtig.

»Kaum brauchbare Abdrücke«, sagte Pamela, »zumindest keine frischen. Die meisten Leute auf dem Bau tragen Handschuhe, deshalb haben wir schlechte Karten. Aber die forensischen Untersuchungen laufen weiter, vielleicht ergibt sich dabei etwas. Das Lagebild kann sich durchaus noch ändern.«

»Das wollen wir hoffen«, sagte Tabea und schaute sich um. Seltsam, der Chef schien noch nicht da zu sein. Normalerweise gehörte Keller zu den Frühaufstehern. Ob er verschlafen hatte? Oder – und das kam ihr wahrscheinlicher vor – Keller nahm sich mal wieder einen Alleingang heraus.

Keller hatte am Abend zuvor lange über das Gespräch mit seiner Frau und ihr Bauchgefühl nachgegrübelt. Dabei war ihm auch die Unterhaltung wieder eingefallen, die er mit seinem Sohn Jochen geführt hatte. Dabei ging es um kommunale Wohnungen, die Eberlein übernehmen und luxussanieren wollte – und um Drohanrufe, die bei den Eberleins eingegangen sein sollten. Diesem Aspekt hatte Keller zunächst keine besondere Bedeutung zugemessen, nun aber umso mehr. Er musste Mareile Eberlein unbedingt darauf ansprechen.

Zuvor wollte Keller noch mehr Informationen über Eberleins Wohnbauprojekt sammeln. Nicht im Internet, wie es Tabea wohl getan hätte, sondern im persönlichen Gespräch mit jemandem, der sich in solchen Dingen auskannte. Zu diesem Zweck hatte er für den Vormittag eine Verabredung mit einer Maklerin getroffen, von der er wusste, dass sie auch Eberlein-Immobilien vermittelte.

Marianne Nadler empfing ihn in ihrem Büro direkt am Hauptmarkt. Vom zweiten Stock bot sich ein beeindruckender Blick auf den Schönen Brunnen, dessen Goldverzierungen im Sonnenlicht glänzten.

»Was kann ich für Sie tun, Herr Keller?«, fragte die Maklerin, die um die vierzig sein mochte und offenbar cremeweiße Designermöbel schätzte. »Sie möchten sich nach dem Projekt ›Modern living 2002‹ erkundigen, habe ich das am Telefon richtig verstanden? Die letzte Vision von Dr. Eberlein. Entsetzlich, was ihm zugestoßen ist.«

»Danke, dass Sie sich an einem Samstag Zeit für mich nehmen«, sagte Keller der Form halber. »Was hat es mit diesem ›Living 2002‹ auf sich?«

Mit jovialem Lächeln platzierte Marianne Nadler einen übergroßen Folianten auf einem Glastisch und schlug ihn auf. Zum Vorschein kamen skizzenhafte Zeichnungen von Appartements verschiedenen Zuschnitts. »Dr. Eberlein strebte an, insgesamt sechsundzwanzig Objekte von der Wohnungsbaugesellschaft zu übernehmen, die sanierungsbedürftig und für die Gesellschaft nicht mehr rentabel sind. Später sollten weitere Objekte dazukommen und binnen zwei Jahren in zeitgemäße Wohnlandschaften umgeformt werden.«

»Das bedeutet?«, fragte Keller mit Blick auf die Zeichnungen, die ausladende Wohnküchen, große Fensterflächen und schicke Balkons erahnen ließen.

»Zunächst einmal Komplettentkernung mit anschließender Neugestaltung und einem Zuschnitt, den der Mieter von heute bevorzugt.«

»Der begüterte Mieter von heute, meinen Sie, nicht wahr?«

Die Maklerin bewegte den Kopf, um eine Strähne ihres dunkelbraunen Haars aus der Stirn zu schieben. »Selbstredend ist die Firma Eberlein an einer Rendite interessiert, sonst würde sie diese Investitionen nicht tätigen.«

»Diese Rendite dürfte durchaus üppig ausfallen«, unterstellte Keller, »denn wie man hört, sollte Eberlein die Wohnhäuser zu einem Preis weit unter Marktwert erhalten. Angesichts seiner freundschaftlichen Beziehungen zur Politik sprechen manche von Vetternwirtschaft.«

Marianne Nadler räusperte sich. »Sie werden verstehen, dass ich mich dazu nicht äußern kann. Ich bin im Vertrieb tätig, vermittle Immobilien gegen Provision, aber alles andere ...«

»Schon gut«, sagte Keller. »Sie müssen dazu nichts sagen, wenn Sie nicht wollen.« Er ließ etwas Zeit verstreichen, während er vorgab, die Baupläne zu studieren. Aus den Augenwinkeln sah er, wie die Maklerin mit den Füßen wippte. Ein Zeichen für Nervosität?

»In der Zeitung steht ja, dass nicht klar ist, ob es ein Unfall war oder nicht«, sagte sie mit verhaltener Stimme, nachdem ihr die Gesprächspause offenbar zu lang wurde. »Glauben Sie denn, dass jemand ... also, äh ... dass da nachgeholfen wurde?«

Keller sah von den Skizzen auf und ihr direkt in die Augen. »Können Sie sich das denn vorstellen? Kennen Sie jemanden, der einen Grund dafür gehabt hätte? Zum Beispiel einen der gekündigten Mieter?«

Marianne Nadler schluckte. »Sicher, als bekannt wurde, dass die Wohnungsbaugesellschaft die Häuser an Dr. Eberlein abtritt, sind die Emotionen ziemlich hochgekocht. Es gab sogar eine Bürgerversammlung zu dem Thema, da haben sich einige Leute sehr aufgeregt.«

»Waren Sie dabei? Können Sie Namen nennen?«

»Nein, nein«, sagte sie rasch. »Letztlich ist das Ganze ja auch im Sand verlaufen, weil die Wohnungsbaugesellschaft die Gründe für den Verkauf plausibel darlegen konnte und die Firma Eberlein nachweislich für eine deutliche Wertsteigerung der Objekte sorgen wird. Das ist eine Win-Win-Situation für alle Beteiligten.«

»Wie gesagt, außer für die Mieter, die sich das Wohnen danach nicht mehr leisten können.«

»Auch ihnen wurde ein faires Angebot unterbreitet: Jeder Bewohner soll ein Vorkaufsrecht für die grundsanierte

Wohnung bekommen, das hat Dr. Eberlein persönlich garantiert.«

»In welchem Stadtteil liegen diese Wohnungen?«

»Überwiegend in Ebermannshof und Gostenhof, das sind die kommenden Quartiere mit hohem Zukunftswert.«

Keller lächelte schief. »Sie wissen genauso gut wie ich, dass sich nur die wenigsten der jetzigen Mieter einen Kredit für eines dieser schönen neuen Apartments leisten können. Schon gar nicht die alleinerziehende Mutter mit drei Kindern oder die Seniorin mit schmaler Rente.«

Marianne Nadler schlug den Folianten zu, verschränkte die Arme und erklärte: »Hören Sie, Herr Kommissar: Markus Eberlein ist kein schlechter Mensch gewesen. Er hat seine Stadt geliebt und viel Gutes für sie getan. Die Leute waren auch eher auf die Politiker sauer, die den Verkauf der Wohnungen möglich gemacht haben, weniger auf Eberlein, der für seine Projekte von vielen bewundert worden ist.«

Keller wollte die Diskussion darüber, ob Eberlein eine Art Heilsbringer oder doch eher das Gegenteil gewesen war, nicht weiterführen. Mehr Relevantes über seinen Fall würde er von Frau Nadler kaum erfahren. Daher bedankte er sich für die Zeit, die sie ihm eingeräumt hatte, und ging.

Beim Verlassen des Maklerbüros wurde ihm bewusst, dass einige der betroffenen Wohnhäuser in Gostenhof lagen und damit genau in dem Stadtviertel, in dem er gerade erst zu tun gehabt hatte.

12

--- Samstag, 1. April 2000, 12:00 Uhr ---

Tabea freute sich, als sie Konrads charakteristischen Kopf im Eingang der Kantine auftauchen sah.

Keller winkte ihr zu, ging zunächst zur Ausgabetheke und kam mit einem Tablett zurück. Kartoffelsalat und ein Paar Wienerle, das Gleiche, das Tabea genommen hatte, denn die Auswahl ließ an den Wochenenden zu wünschen übrig.

Sie tauschten sich aus, wobei Tabea in Eberleins neuestem Immobiliendeal genau wie Keller eine mögliche Motivvorlage sah, die man weiterverfolgen sollte. Allerdings wies sie darauf hin, dass es eine Heidenarbeit bedeuten würde, jeden Mieter der betroffenen Wohnungen zu überprüfen.

»Vielleicht ist das gar nicht nötig. Vielleicht reicht es ja, wenn wir uns diejenigen vornehmen, die bei der Bürgerversammlung besonders in Erscheinung getreten sind«, schlug Keller vor. »Darüber wird die Presse ja berichtet haben. Wir müssen nur die Zeitungsartikel der letzten Wochen nachlesen.« Außerdem könne man Leserbriefe auswerten, die zu diesem Thema veröffentlicht worden seien.

Tabea hatte den Morgen nicht ungenutzt verstreichen lassen und konnte mit einer pikanten Neuigkeit aufwarten: »Ich habe ein sehr interessantes Telefongespräch mit einem Herrn der Central-Versicherung geführt, der sich bei uns gemeldet hat. Auch so jemand, der kein Wochenende kennt. Er leitet die Nürnberger Generalvertretung seiner Versicherungsgesellschaft und muss demnächst einen sehr hohen Betrag auszahlen: eine Lebensversicherung, die Dr. Eberlein für seine Frau Mareile abgeschlossen hatte.«

Keller stieß einen Pfiff aus. »Von welcher Summe sprechen wir?«

»Das hat er nicht gesagt, aber es hörte sich so an, als würde ihm die Auszahlung echte Bauchschmerzen bereiten. Deshalb hat er darum gebeten, ihn auf dem Laufenden zu halten. Wahrscheinlich hofft er darauf, irgendeine Klausel anwenden zu können, durch die er die Zahlung verweigern kann.«

»Selbstverständlich erfährt er nichts über die laufenden Ermittlungen«, legte Keller fest, »aber sein Anruf könnte für uns Gold wert sein. Denn jetzt haben wir ein weiteres Motiv, diesmal eins für die Witwe.«

Tabea gab sich weniger überzeugt. »Meinst du nicht, dass sie ohnehin schon genug erbt? Das Eberlein-Imperium ist etliche Millionen wert – mehr als ein Mensch allein ausgeben kann, selbst wenn sie in Saus und Braus lebt.«

»Täusch dich da mal nicht. Soviel ich weiß, war Eberlein vorher schon zweimal verheiratet, außerdem könnte es Kinder aus den früheren Ehen geben, die Ansprüche anmelden. Das müssen wir überprüfen. Jedenfalls kann es durchaus sein, dass Frau Eberlein am Ende mit weit weniger dasteht, als man erwartet. Eberlein wird ja einen Grund dafür gehabt haben, sie mit einer eigenen Police zu bedenken.«

»Also gut, dann sollten wir Frau Eberlein noch einmal auf den Zahn fühlen und gezielt auf diese Versicherung ansprechen.«

Keller sagte zu, allerdings etwas verhalten. »Normalerweise trügt mich meine Menschenkenntnis nicht, und ich hatte bei ihr das Gefühl, dass sie vom plötzlichen Tod ihres Mannes zutiefst erschüttert war. Andererseits kann sie mir mit ein bisschen schauspielerischem Talent genauso gut etwas vorgemacht haben. Hat es alles schon gegeben.« Nachdem das erste Wiener Würstchen und der Kartoffelsalat verspeist waren, schob er den Teller beiseite. »Themawechsel«, kündigte er an. »Die Eisbärengeschichte …«

»Ist gelöst und erledigt«, fiel Tabea ihm ins Wort. »Sie haben sich diesen Scholz geschnappt – offenbar haben dem Staatsanwalt die Indizien gegen ihn gereicht.«

»Ja, habe ich schon gehört«, sagte Keller. »Ich will aber auf etwas anderes hinaus. Meine Frau hat mich gestern Abend darauf gebracht: Was, wenn die beiden Fälle in Zusammenhang stehen? Wenn es sich bei der Eisbärenaktion um den ersten Anschlag auf das Leben von Markus Eberlein gehandelt hat?«

Tabea überraschte diese Idee. Zwar war auch ihr schon der flüchtige Gedanke an eine Verbindung gekommen, doch Eisbären als Mordwaffe einzusetzen, hielt sie für keine ernst zu nehmende Option.

»Ich sehe dir an, dass du nicht viel davon hältst, aber überleg mal: Wäre Eberlein das Opfer einer Bärenattacke geworden, hätte man es für einen Unfall halten können. Ausgelöst womöglich durch einen überambitionierten Tierschützer, aber dennoch ein Unfall. Genauso sieht es bei dem abgestürzten Aufzug aus: Wenn sich niemand findet, der den Lift manipuliert hat, läuft es auf einen Arbeitsunfall hinaus. Zwei Versuche mit dem gleichen Resultat.«

»Ich weiß nicht …« Tabea schätzte Kellers Kombinationsgabe und Fantasie, doch manchmal übertrieb er es damit. »Auch mit dem Lastenaufzug hätte theoretisch jeder andere in die Tiefe stürzen können.«

»Und trotzdem hat es *ihn* getroffen. Warum?« Keller sah sie grüblerisch an. »Dass ausgerechnet Eberlein in den Aufzug stieg, ist eventuell entsprechend arrangiert worden.«

»Von seiner Frau?«

»Das können wir zum jetzigen Zeitpunkt nicht wissen, ich hoffe daher sehr auf ein paar handfeste Ergebnisse der forensischen Untersuchung.«

Keller, dem die Sache mit der Lebensversicherung wohl mehr zu denken gab, als es zunächst den Anschein gehabt hatte, erteilte Tabea den Auftrag, so viel wie möglich über die Ehe der Eberleins herauszufinden. »Meine Frau meint, dass sie ihren Mann betrogen haben könnte.«

»Ach ja?« Tabea wusste zwar, wie sehr Keller seine Frau liebte, doch dass er sie in die Ermittlungen einbezog, war ihr neu.

»Sie hat mir eines dieser Klatschblätter gezeigt, und darin ist Mareile Eberlein zu sehen, wie sie sich an der Seite einiger fremder Männer amüsiert.«

»Darf eine verheiratete Frau etwa keinen Spaß haben?«

»Doch, klar. Aber wie du weißt, geht das Gros der Tötungsdelikte aufs Konto von Angehörigen aus dem nächsten Familienkreis.« Selbstkritisch fügte er an: »Wie du merkst, bin ich selbst unschlüssig. Ja, vielleicht habe ich mich vom ersten Eindruck täuschen lassen. So etwas sollte nicht passieren, deshalb müssen wir Mareile Eberlein ab jetzt genau im Auge behalten.«

Keller wunderte sich, als er im Flur Johannes Hertlein über den Weg lief. Ausgerechnet Johannes vom K 7! Dass sich jemand aus dem Fachdezernat für Wirtschaftskriminalität und Betrug an einem Samstag im Präsidium blicken ließ, kam ungefähr so oft vor wie eine totale Sonnenfinsternis.

»Hannes, hast du dich im Tag vertan?«, sprach er den schlaksigen Kommissar mit dem grauen Schnauzer an.

»Nein, habe ich nicht«, antwortete Hertlein ungewöhnlich ernst. »Es ist gut, dass wir uns treffen, denn ich habe Informationen für eure SoKo.«

Kellers Neugierde war geweckt. »Lass hören!«

»Es betrifft Eberlein beziehungsweise dessen Unternehmen. Ein ziemlich verschachteltes Konglomerat. Wir haben das Unternehmen und die Tochterfirmen seit einiger Zeit im Visier und arbeiten dabei eng mit der Oberfinanzdirektion zusammen.«

»Davon habe ich nie etwas gehört«, drückte Keller seine Überraschung aus. Er wusste bisher nur von vagem Gemunkel über finanzielle Engpässe.

»Das solltest du auch nicht, weil wir das nicht an die große Glocke hängen. Immerhin pflegte Eberlein beste Kontakte bis hinauf in die Staatskanzlei, und da wollte sich natürlich niemand die Finger verbrennen.«

»Verstehe. Weshalb habt ihr Eberlein denn überprüft? Etwa Steuerhinterziehung?«

»Nein, es steht ein verschleppter Konkurs im Raum.«

»Was?« Keller mochte es kaum glauben. Dann stimmten die Gerüchte also wirklich? »Jeder zweite Baukran in dieser Stadt dreht sich um eine Eberlein-Immobilie, die Firma hat massenweise Aufträge – wie passt da eine Pleite ins Bild?«

»Möglicherweise hat er sich übernommen«, deutete Hertlein an. »Es sieht so aus, als sollte das Wohnbauprojekt, an dem er zuletzt arbeitete, der sprichwörtliche Rettungsanker sein. Du hast vielleicht schon davon gehört: ›Modern living 2002‹. Seine letzten Reserven steckten da drin. Deshalb hat Eberlein dieses umstrittene Bauvorhaben auch gegen alle Widerstände durchboxen wollen.« Hertlein sah ihn lobheischend an.

Keller klopfte ihm auf die Schulter. »Hannes, ich danke dir, dass du extra für mich dein Wochenende unterbrochen hast.«

»Gern geschehen.« Er zwinkerte ihm zu. »Giesela wollte heute Schuhe für die Jungs kaufen, da bin ich froh über eine Ausrede gewesen.«

Keller hatte es jetzt eilig, in sein Büro zu kommen. Auf dem Schreibtisch breitete er die Unterlagen des Projekts »Modern living 2002« aus, die ihm die Maklerin freundlicherweise überlassen hatte. Er ging sie soweit durch, bis er auf Ausschnitte des Stadtplans stieß, die stellenweise schraffiert waren. Er ging davon aus, dass es sich um diejenigen Straßenzüge handelte, die in Eberleins Vision vom luxuriösen Wohnen aufgehen sollten. Die Schraffuren reichten bis an den Petra-Kelly-Platz heran. Keller sah genau hin, um sicherzustellen, dass er sich nicht täuschte. Doch der Plan sprach eine unmissverständliche Sprache: Das Gebäude, das Frederik Zink und seinen Anhängern als Vereinsheim diente, gehörte zu Eberleins schöner neuer Wohnwelt. Es war wahrscheinlich nur eine Frage der Zeit, bis Zink die Kündigung ins Haus geflattert wäre.

»Viel kann ich dir nicht bieten«, sagte Tabea, die hinterm Steuer ihres Dienstwagens saß und mit Keller nach Erlenstegen fuhr.

»Du meinst, was Frau Eberleins Lebenswandel anbelangt?«

»Genau. Ich sollte doch ihr Liebesleben durchleuchten, aber leider gibt das Internet nichts darüber preis. Andererseits, da hilft vielleicht auch der gesunde Menschenverstand:

Die beiden waren knapp dreißig Jahre auseinander – ich könnte mir nicht vorstellen, mit einem so alten Knacker auf die Dauer glücklich zu sein.«

»Danke auch!«

»Erstens bist du noch keine sechzig und zweitens nicht mein Freund«, sagte sie und verlangsamte das Tempo. Sie waren fast am Ziel.

Ziemlich beeindruckend, fand Tabea, als sie nach längerer Suche einen Parkplatz vor dem Anwesen der Eberleins ergattern konnte. Durch die mausgrauen Gitter eines hohen Zauns sah sie eine weite Rasenfläche im satten Grün eines Golfplatzes, durch die ein gekiester Weg elegante Windungen zog. Dahinter, hervorgehoben durch die leichte Hanglage, thronte eine moderne Villa. Strahlend weiß, schnörkellos und mit riesigen Fensterfronten.

Tabea und Keller meldeten sich über eine Sprechanlage, woraufhin das Tor mit einem leisen Summen aufsprang. Mareile Eberlein stand in der Tür der Villa und sah ihnen entgegen. Sie trug eine schwarze Bluse über einer weit fallenden grauen Seidenhose und wirkte noch schmaler und zerbrechlicher, als Tabea sie in Erinnerung hatte. Auch das Gesicht wirkte eingefallen, wie sie im Näherkommen bemerkte. Frau Eberlein drückte eine Zigarette in einem chromglänzenden Aschenbecher aus, der neben der Tür stand.

Da Tabea nicht anders konnte, als einen bewundernden Blick auf die Hausfront zu werfen, erklärte Mareile Eberlein: »Gefällt es Ihnen? Nicht zu nüchtern? Mein Mann hat die reduzierte, kubische Ästhetik gefeiert.« Sie deutete nach oben. »Vor- und Rücksprünge brechen die Symmetrie. Typisch Bauhaus, das hat ihm gefallen.«

Sie bat beide herein und führte sie in ein Foyer, dessen elegante Schlichtheit durch einige wenige, aber umso eindrucksvollere Kunstobjekte belebt wurde, darunter der lackrote Rumpf eines Pferdes und eine imposante Vase auf einem quaderförmigen Sockel.

»Sie kommen gleich zu zweit?«, fragte Frau Eberlein, wirkte aber nicht so, als würde sie dieser Frage eine besondere Bedeutung zumessen.

»Ja, es geht mir darum, einige offene Punkte zu klären. Ich hoffe, das ist Ihnen recht«, sagte Tabea, der erst jetzt die dezenten Ohrstecker auffielen, die Mareile Eberlein trug. Sie funkelten wie Diamanten. Wahrscheinlich waren es welche.

»Selbstverständlich. Was möchten Sie wissen?«

»Eigentlich nur eine Formalie«, sagte Keller wie beiläufig, behielt die Witwe jedoch genau im Blick. »Trifft es zu, dass Ihr Mann eine hohe Lebensversicherung zu Ihren Gunsten abgeschlossen hatte?«

Mareile Eberlein zuckte bei dieser Frage weder zusammen, noch ließ sie ein verräterisches Blinzeln erkennen. »Ach, die Versicherung«, sagte sie und kräuselte leicht die Stirn. »Eine dieser Formsachen, die jetzt auf mich zukommen. Karl Frommer, unser Hausanwalt, drängt mich, dass ich mich darum kümmern soll. Aber für solche Dinge habe ich gerade wirklich nicht die Kraft.«

»Es trifft also zu: Sie sind Begünstigte einer Lebensversicherung?«, fasste Tabea nach.

»Ja, sicher. Markus hätte mich niemals ohne eine gute Vorsorge zurückgelassen. So etwas ist ihm immer wichtig gewesen. Ich sollte nicht allein auf die Firma angewiesen sein, denn Geschäfte laufen manchmal besser und manchmal schlechter. Die Versicherung müsste sich auf runde zwei Millionen Euro belaufen, wenn ich das richtig im Kopf habe.«

Tabea tauschte einen Blick mit Keller. Sie hatte nicht mit einer solchen Offenheit gerechnet. Ob Mareile Eberlein sich darüber im Klaren war, dass sie Tabea soeben ein solides Mordmotiv geliefert hatte? Andererseits sprach ihre Aufrichtigkeit gegen heimtückische Absichten.

Um herauszufinden, was es mit der Ehrlichkeit der Witwe auf sich hatte, musste Tabea direkter werden. »Ihnen ist sicherlich bewusst, dass unsere Ermittlungen auch das familiäre Umfeld nicht ausnehmen. Der Anwalt, den Sie gerade erwähnten, hat Sie wahrscheinlich auf diesen Umstand hingewiesen.«

»Natürlich müssen Sie in alle Richtungen ermitteln. Das ist Ihre Pflicht, oder?«

»Dann darf ich ganz offen fragen, in welchem Zustand Ihre Ehe zuletzt gewesen ist?«, wagte sich Keller nun weiter vor.

Diesmal löste seine Frage eine Reaktion aus: Mareile Eberlein blies die Wangen auf. »Das ist wirklich eine sehr direkte Frage. Ich weiß nicht, ob ich so etwas beantworten sollte. Das hier ist doch kein Verhör, oder? Sonst dürfte ich Karl hinzuziehen, unseren Anwalt, richtig?«

»Nur eine Befragung«, stellte Keller klar. »Sie müssen auf keine unserer Fragen antworten.«

Mareile Eberlein fuhr sich mit der Hand durchs Haar. »Sie spielen auf das Gemunkel an, das über Markus und mich kursiert. Ja, ich weiß, dass die Leute gern über solche Dinge reden. Aber ich kann Ihnen versichern: Da ist nichts dran.« Ihre Augen glitten durch das saalartige Foyer, während sie weiterredete. »Mein Mann und ich hatten unsere Differenzen, aber nennen Sie mir eine Beziehung, in der es nicht ab und zu knirscht.«

Wie wahr, fand Tabea und dachte an ihre eigene.

»Gewiss«, sagte Keller. »Viele Ehen werden von gelegentlichen Problemen begleitet, doch nur wenige Ehefrauen sind mit einer derart hohen Lebensversicherung ausgestattet.«

Mareile Eberlein bedachte ihn mit einem Blick, den Tabea nicht richtig deuten konnte.

»Ich fürchte, manchmal bin ich einfach zu naiv. Bevor ich weitere Fragen beantworte, möchte ich mich doch lieber mit Karl abstimmen.«

13

--- Samstag, 1. April 2000, 16:30 Uhr ---

GoHo – als eine der schrecklichsten Gegenden wurde das Quartier westlich des Plärrers lange Zeit gehandelt, und wer freiwillig dorthin zog, galt bestenfalls als mutig. Das war nicht immer so gewesen, wusste Keller, während er zum Petra-Kelly-Platz ging und die besondere Atmosphäre dieses Stadtteils auf sich wirken ließ. Tabea, die ihn begleitete, überließ ihn seinen Gedanken.

Gostenhof diente einmal als Militärstandort und Bollwerk gegen Schwedenkönig Gustav Adolf. Im neunzehnten Jahrhundert gehörte das Königlich-Bayerische Regiment zum festen Bestandteil der Gegend: Cheveaux legeres, die leichte Kavallerie, in Nürnberg auch »Schwolli-schär« genannt. Zugang zum nahen Ludwig-Donau-Main-Kanal gab es über die Obere und Untere Kanalstraße, und 1835 rollte gar die erste deutsche Eisenbahn vorbei. Gostenhof besaß viel Pracht und wohl auch so etwas wie Liebreiz: Keller hatte einmal gehört, dass die heutige Betonwüste Plärrer ursprünglich parkähnlich angelegt gewesen war, wo vermögende Familien Irrgärten und künstliche Grotten mit Springbrunnen anlegten und sogar ein ägyptischer Obelisk aufragte.

Und heute? Bis auf wenige Reste war von der einstigen Pracht nicht viel geblieben, stellte Keller fest, während er an den tristen Fassaden einiger Mietshäuser aus Nachkriegsjahren entlangschritt, deren Wandgrau von Graffiti geziert wurde. Mit dem Stadtbild hatte sich die Klientel gewandelt, denn selbst in den erhalten gebliebenen Häusern im Nürnberger Stil, einer Mischung aus Neogotik und Neorenaissance, hatte in den 1950ern und 1960ern kein bessergestellter Bürger einziehen wollen. Die Sanitärstandards mit Toiletten in den Treppenhäusern entsprachen nicht den modernen Ansprüchen. Stattdessen lockten die niedrigen Mieten sogenannte »Gastarbeiter« aus Jugoslawien, Italien und der Türkei an, arme Rentner und Sozialhilfeempfänger gesellten sich hinzu und machten das Viertel bunt. Leider stieg auch die Kriminalität, sodass sich manch einer mit spitzen Scherben auf den Mauern vor Einbrechern schützte. Das war in den Siebzigerjahren, da bekam Gostenhof den Beinamen »Glasscherbenviertel«. Keller, damals gerade am Anfang seiner Laufbahn, erinnerte sich genau an die Sorge der Stadtväter, GoHo könnte vollends zum Slum verkommen. Schon damals war Geld in Renovierungen gepumpt worden, Spielplätze entstanden und triste Hinterhöfe verwandelten sich in Nutzgärten. Zwischen die vorwiegend südländische Bevölkerung mischten sich Freigeister, Künstler und Studenten – und machten das Leben in GoHo noch bunter. Inzwischen gab es hier angesagte Kneipen, das Gostner Hoftheater, viele Imbisse und individuelle kleine Läden. Alles in allem ein überaus lebendiges und kreatives Quartier, fand Keller, zweifelte aber daran, dass sich Kapitalanleger mit Luxussanierungen im Stil von Eberleins Projekt »Modern living 2002« einen Gefallen taten. Keller konnte sich beim besten Willen nicht vorstellen, wie sich in Gostenhof Häuserentkernungen im großen Stil rechnen sollten. Umso drängender sein Wunsch, die Meinung von Frederik Zink zu diesem Thema zu hören.

Diesmal beging Keller nicht denselben Fehler wie bei seinem letzten Besuch, sondern stellte sich zusammen mit Tabea brav vor die Tür und klingelte. Sie warteten, bis jemand öffnete.

Zink erschien selbst und machte große Augen. »Sie?«, stieß er ungläubig aus und musterte erst Keller und dann Tabea. »Oh Mann, Sie trauen sich was.«

»Dass Sie mich bei der Presse angeschwärzt haben, war nicht sehr freundlich«, sagte Keller frei heraus.

Zink lachte. »Im Ernst? Sind Sie etwa gekommen, um sich darüber zu beschweren? Dann können Sie gleich wieder gehen, denn Sie können mir gar nichts. Mit den Eisbären haben wir nichts zu tun.« Er legte seine Hand an die Tür, um sie zuzumachen.

Keller setzte einen Fuß auf die Schwelle. »Moment!«, sagte er energisch. »Diesmal komme ich nicht wegen des Vorfalls im Tiergarten, sondern wegen eines potenziellen Tötungsdelikts. Von Dr. Eberleins Tod haben Sie gehört? Er starb auf einer Baustelle an der Fürther Straße, also nicht weit entfernt von hier.«

Zinks überlegener, angriffslustiger Ausdruck wich einem Anflug von Unsicherheit. »Was soll das denn heißen? Wollen Sie mir das etwa auch anhängen?«

Keller zeigte seine geöffneten Handflächen. »Nichts dergleichen. Wie Sie sehen, bin ich mit leeren Händen gekommen, und ich werde Ihnen jetzt bestimmt keine Handschellen anlegen.«

»Das wäre ja noch schöner!«

»Trotzdem müssen wir mit Ihnen reden«, schaltete sich Tabea ein. »Denn wir wissen, dass Herr Eberlein vorhatte, einige Wohnobjekte in dieser Gegend zu entmieten und zu sanieren.«

»Ach, und Sie sind darauf gekommen, dass ich auch in einer dieser Wohnungen lebe?«, fragte Zink, wobei seine Aggressivität wieder zunahm. »Das trifft aber genauso auf Hunderte andere arme Schweine zu, die dieser Mann vor die Tür setzen wollte. Klingeln Sie mal einen Stock tiefer bei Frau Schramm. Die ist fast neunzig und lebt am Existenzminimum. Wenn jemand einen Grund gehabt haben soll, einen wie den Eberlein um die Ecke zu bringen, dann Leute wie Frau Schramm.«

»Sie sehen in der drohenden Entmietung also einen Grund zu töten?«, fragte Keller.

Zinks Augen verengten sich. »Noch so eine Unterstellung, und ich knalle die Tür zu. Egal, was dabei mit Ihrem Fuß passiert.«

»Einen Polizeibeamten körperlich anzugehen ist eine Straftat«, stellte Keller trocken fest.

»Ihr Fuß in meiner Wohnung auch.«

»Der Punkt geht an Sie«, sagte Keller. »Vorschlag zur Güte: Bisher ist das hier eine reine Unterhaltung, da ich an Hintergründen interessiert bin, die Sie mir hoffentlich liefern können. Wir plaudern ein wenig, und in fünf Minuten sind wir wieder weg. Aber wir können Sie genauso gut zu einem Verhör ins Präsidium bestellen, wenn Ihnen das lieber ist.«

»Ja, ja, bauen Sie nur weiter Ihre Drohkulissen auf, wenn Sie sonst nichts zu bieten haben.« Zink schnaufte verächtlich. »Also schön: Wie viele andere auch habe ich eine Stinkwut auf das Eberlein-Imperium, weil die drauf und dran sind, die einzigartige Soziokultur unseres Viertels kaputtzumachen. Aber natürlich ist das kein Grund, jemandem nach dem Leben zu trachten. Es würde auch nichts bringen, denn in dieser Branche wachsen immer neue Köpfe nach, kaum dass man einen abgeschlagen hat. Das ist wie bei der Medusa.«

»Sie persönlich hätten wahrscheinlich keine große Mühe, ein neues Dach über dem Kopf zu finden, oder?«, fragte Tabea und erregte damit neues Misstrauen.

»Wie kommen Sie darauf?«

»Ihr Tierschutzverein ist finanziell doch recht gut aufgestellt, wie mir scheint. Die vielen Flugblätter, Broschüren und Transparente, die Sie drucken lassen, sind sicher nicht ganz billig.«

»Außerdem sind Sie gut vernetzt und haben einen heißen Draht zur Presse«, knüpfte Keller an. »Gibt es eigentlich einen Sponsor im Hintergrund, der Sie unterstützt? Einen wohlmeinenden Förderer?«

»Das geht Sie nichts an«, entgegnete Zink kurz angebunden. »Sehen Sie endlich ein, dass bei mir nichts zu holen ist. Ich bin ein aufrechter Bürger, der brav seine Steuern zahlt und damit auch Ihr Gehalt, wenn ich das richtig sehe. Sie können mir nichts ans Bein flicken. Deshalb gehen Sie jetzt, ehe ich etwas Unüberlegtes sage und Sie doch noch zum Zug kommen.«

»Nein, wir wollen Sie zu nichts dergleichen verleiten«, sagte Keller kalt. »Belassen wir es also dabei – zumindest für heute.«

Udo konnte seine Begeisterung kaum unterdrücken, als Tabea mit ihm am Abend durch das *Cinecittà* ging. Vor fünf Jahren hatte das Großkino zwischen Pegnitz und Gewerbemuseumsplatz eröffnet, und seitdem zählte Udo zu den Stammgästen. Tabeas Herz schlug zwar mehr für die kleinen

Programmkinos wie die *Meisengeige* oder das *Casablanca* in der Südstadt, aber Udo zuliebe kam sie mit ins *Cine*, um einen neuen Blockbuster anzusehen. Davor wollten sie etwas essen, denn auch dafür gab es in dem Multiplexkino genug Auswahl. Während Tabea für Italienisch plädierte, bevorzugte Udo Burger und setzte sich durch.

Nach dem Film nahmen sie in dem hallenartigen Foyer Platz, das von einem riesigen Plakat mit Motiven der italienischen Cinecittà-Studios dominiert wurde, und bestellten zwei Bier. Udo erzählte ausgiebig von seiner Arbeit und den Intrigen, die seine Abteilung in Aufruhr hielten, seitdem eine neue Kollegin bei ihnen angefangen hatte. Die habe nichts anderes im Sinn, als alle gegeneinander aufzuhetzen und sich lieb Kind beim Chef zu machen.

»Es fehlt nicht viel, bis sich die Leute gegenseitig an die Gurgel gehen«, behauptete er und fragte für Tabeas Empfinden viel zu spät: »Apropos: Wie läuft es in deinem Fall?«

Wie schön, dass er sich auch mal nach mir erkundigt, dachte sie. Trotzdem durfte sie ihm nicht viel darüber sagen. »Du weißt, dass ich über laufende Ermittlungen nicht reden kann.«

Udo machte eine wegwerfende Handbewegung. »Glaubst du ernsthaft, dein Kollege Konrad Keller würde bei sich daheim nichts über eure Mördergeschichten ausplaudern? Mir kommt es manchmal so vor, als wärst du die einzige Polizistin in eurem Präsidium, die sich sklavisch an die Dienstvorschriften hält.« Er trank einen großen Schluck Bier. »Aber egal, das meiste steht sowieso in der Zeitung. Sogar, dass vermutet wird, die Eisbärenbefreiung und der abgestürzte Baustellenlift stünden in einem Zusammenhang. Seht ihr das wirklich so? Ich persönlich halte das ja für Nonsense.«

Tabea holte tief Luft. Dass die Zeitungen in dieser Richtung spekulierten, hatte sie gar nicht mitbekommen. Da sie sich keine Blöße geben wollte, sagte sie: »Bisher sind das reine Mutmaßungen. Da würde ich nicht viel drauf geben.«

»Tue ich auch nicht«, meinte Udo. »Weil es nämlich Quatsch ist.«

»Was genau soll Quatsch sein?«, fragte Tabea, obwohl sie eigentlich nicht länger über dieses Thema sprechen wollte. Sie konnte es nicht leiden, wenn sich ihr Freund als Hobbydetektiv aufspielte.

»Das mit den ›Anschlägen‹ auf Eberleins Leben. Ich meine: Das war doch reiner Zufall, dass gerade er in den Aufzug gestiegen ist, oder? Hätte das nicht jeden anderen genauso treffen können?«

Der Fahrstuhl war am Tattag mehrmals benutzt worden und hatte einwandfrei funktioniert. Das hatten die Ermittlungen zweifelsfrei ergeben. Tabea und Keller gingen deshalb davon aus, dass die Sicherungen des Lifts erst unmittelbar vor dem Vorfall außer Betrieb gesetzt worden waren – ob vorsätzlich oder durch ein Versehen blieb vorerst weiter offen. Keller tendierte zum Vorsatz. Was neue Fragen aufwarf. Denn in diesem Fall hätte es der Täter in Kauf genommen, dass es anstelle von Eberlein eben doch jemand anderen hätte treffen können. Udo lag mit seinen Überlegungen also nicht völlig daneben.

»Die Untersuchungen sind nicht abgeschlossen«, sagte Tabea ausweichend.

»Aber dass Eberlein das Ziel war, darin seid ihr euch einig, wie?«, stichelte ihr Freund weiter.

»Eberlein ist das Opfer, also: ja.«

»Wie könnt ihr euch da so sicher sein? Wenn diese ›Anschläge‹ nun doch einem anderen gegolten haben, kann es dann nicht sein, dass der Killer noch einmal zuschlägt? Er stellt seine Fallen wieder und wieder auf, bis sie beim Richtigen zuschnappen.«

Blühender Unsinn, dachte Tabea und winkte dem Kellner zum Zahlen. Sie hatte keine Lust mehr, sich die amateurhaften Belehrungen ihres Freundes anzuhören.

Auf dem Rückweg, nachdem sie Udos Worte auf sich hatte wirken lassen, kamen ihr jedoch Zweifel. Zwar lagen inzwischen mehrere Motive vor, die den Mord an Eberlein begründeten, und mit Frederik Zink und Mareile Eberlein gab es sogar zwei mögliche Verdächtige. Doch konnte man ausschließen, dass nicht doch der »Falsche« in den Fahrstuhl gestiegen und abgestürzt war? Aber wer sollte dann das eigentliche Opfer sein?

14

--- Sonntag, 2. April 2000, 9:00 Uhr ---

Keller hatte Semmeln geholt, Helga inzwischen den Frühstückstisch gedeckt. Für Sophie hatte Keller zusätzlich frische Brezen mitgebracht, weil sie die so gern aß. Doch sie schlief noch, als er vom Bäcker zurückkam.

»Ich habe den *Blitz* dabei«, sagte Keller. »Steckte im Briefkasten.«

Beim *Sonntagsblitz* handelte es sich um eine kostenlose Wurfzeitung, die über das aktuelle Geschehen in Politik, Sport und der Region berichtete, dazwischen viel Werbung, durch die sich das Blatt finanzierte. Keller schlug die Zeitung auf und sah ein großes Foto zweier Eisbären – eine Archivaufnahme aus dem Winter, als die Raubtiere auf schneebedeckten Felsbrocken ruhten, ganz in ihrem Element. »Eisbären-Drama: Täter gefasst!«, titelte die Zeitung und ließ damit wahrscheinlich etliche Tierfreunde erleichtert aufatmen. Keller überflog den Bericht, der allerdings nicht viel Neues enthielt und den Namen des Verdächtigen nur in abgekürzter Form wiedergab.

Das war auch besser so, dachte Keller, denn er kannte zwar die zahlreichen Indizien, die gegen Heiko Scholz sprachen, doch von einer lückenlosen Beweiskette konnte wohl kaum die Rede sein. Aber genau die würde man vor Gericht brauchen, um Scholz rechtskräftig zu verurteilen. Von den

Kollegen hatte Keller gehört, dass Scholz beharrlich schweige, was die Sache nicht einfacher machte. Nun, das sollte nicht mehr seine Sorge sein, dachte Keller und biss in seine Marmeladensemmel.

Mit Blick auf die Uhr beeilte er sich mit der zweiten Tasse Kaffee, denn in einer knappen halben Stunde stand die nächste Lagebesprechung an, da sollte er als Leiter nicht zu spät dran sein.

Aber wenigstens von seiner Tochter wollte er sich noch verabschieden und klopfte, den Trenchcoat schon über den Schultern, an ihre Zimmertür.

»Ja? Was?«, kam es verschlafen von drinnen.

»Ich gehe jetzt zur Arbeit. In der Küche liegen Brezen für dich«, rief er.

»Danke. Viel Spaß.«

»Darf ich kurz reinkommen?«

Ein Stöhnen. »Okay.«

Keller betrat das dunkle, ungelüftete Zimmer, in dem es nach den verschiedenen Parfüms roch, die Sophie abwechselnd probierte. Hinzu kam der erkaltete Rauch einer Duftkerze.

»Bei dir müsste man dringend mal das Fenster aufreißen.«

»Mache ich dann«, antwortete Sophie und zog sich die Decke bis zum Kinn.

»Vergiss später nicht, dich auf die Schule vorzubereiten. Hast du die Hausaufgaben für Montag fertig?«

»Wenn ihr dauernd von der Schule redet, habe ich erst recht keine Lust dazu.«

»Falls du in Mathe oder Physik Unterstützung brauchst, kann ich dir gern helfen. Bei mir dauert es heute wahrscheinlich nicht so lang.«

»Mathe und Physik muss ich nur bestehen, das brauche ich später eh nicht mehr, wenn ich Schauspiel studiere.«

»Überleg dir das noch mal mit dem Schauspiel. Eine brotlose Kunst.«

»Ich dachte, du musst zur Arbeit?«

»Ja, muss ich.« Sein Blick fiel auf eines der neuen Tierposter. »Sag mal, Sophie, weißt du eigentlich, woher der ›Free Zoo Animals‹-Verein das Geld für die Drucksachen und die Miete nimmt?«

»Mein Taschengeld opfere ich nicht dafür, falls du das meinst.«

»Davon bin ich nicht ausgegangen. Aber irgendjemand muss es ja bezahlen, oder? Das Tierheim würde ja auch nicht ohne Sponsoren überleben können. Ich glaube nicht, dass Frederik Zink das alles aus eigener Tasche finanziert.«

»Frederik? Nein, der opfert ja schon seine ganze Freizeit für unser Projekt, da kann keiner verlangen, dass er auch noch zahlt. Da gibt es so eine Unternehmerin mit einem großen Herz für Tiere«, wusste Sophie. »Eine, die verstanden hat, worum es uns geht, und unsere gute Sache nicht schlechtredet wie andere.«

»Ihr Name?«

»Mareile«, sagte Sophie. »Keine Ahnung, wie sie weiter heißt.«

Tabea fragte sich gerade, ob Keller verschlafen hatte, als er mit gut zehnminütiger Verspätung in den Besprechungsraum kam, in die Runde grüßte und am Kopfende des langen Tisches Platz nahm.

»Entschuldigt bitte«, sagte er und schlug eine der vor ihm gestapelten Akten auf. »Wie ich sehe, liegt uns das abschließende Obduktionsergebnis jetzt vor.«

Während Keller Einzelheiten daraus vorlas, war Tabea nicht ganz bei der Sache, denn noch immer hing ihr das Gespräch mit Udo nach. Seitdem stellte sie innerlich alles wieder und wieder auf den Prüfstand. Wenn sie es wirklich mit einem Mord zu tun hatten, lief der Täter unbehelligt herum und könnte – weil er zunächst das falsche Opfer erwischt hatte – ein weiteres Mal zuschlagen. Doch so viel sie inzwischen auch darüber nachgegrübelt hatte, ihr fiel kein anderes potenzielles Opfer ein, das sowohl bei der Geburtstagsfeier im Tiergarten wie auch während der Baustellenbesichtigung dabei gewesen war. Ausschließen konnte sie diese Möglichkeit jedoch nicht, weil sie die Gästeliste der Feier bislang nicht mit den Namen der Zeugen verglichen hatten, die bei Eberleins Absturz anwesend waren. Das lag auch daran, dass sich mit dem Eisbärenfall und dem von Eberlein zwei verschiedene SoKos befasst hatten. Defizite in der Koordination waren somit vorprogrammiert.

Zum x-ten Mal seit gestern Abend fragte sie sich: Wer außer Eberlein könnte im Fadenkreuz eines Mörders stehen, immer gesetzt den Fall, es handelte sich um ein Gewaltverbrechen und keinen Unfall? Der Bauleiter oder die Architektin vielleicht, die zusammen mit den Eberleins auf dem Dach gestanden hatten? Gut möglich, dass die beiden in der *Waldschänke* mitgefeiert hatten.

Tabea beteiligte sich erst wieder an der Lagebesprechung, als der Name Mareile Eberlein fiel. Zunächst glaubte sie nicht richtig verstanden zu haben, was Keller gerade berichtete, doch dann wiederholte er die Neuigkeit, die aus Tabeas Sicht so explosiv war wie Dynamit: Die Witwe sollte Sponsorin von »Free Zoo Animals« sein?

»Zwar müssen wir das überprüfen und uns die entsprechenden Zahlungseingänge ansehen, doch schon jetzt kann man sagen, dass hier neue Zusammenhänge entstehen, die Fragen aufwerfen«, holte Keller aus, stellte sich an eine Tafel mit Namensschildern und begann sie mit Filzstift zu verbinden. »Wir sehen hier das Ehepaar Eberlein und ringsherum die uns namentlich bekannten anderen Akteure. Zu Heiko Scholz, mutmaßlicher Tiergartensaboteur, lässt sich aktuell keine Verbindung herstellen. Soweit wir wissen, kannten er und die Eberleins sich nicht. Scholz bewohnt auch keine Eberlein-Immobilie. Anders sieht es bei Frederik Zink aus.« Er tippte auf das entsprechende Namensschild, von dem ein dicker Strich zu Markus Eberlein führte. »Zink und seine Gruppierung gehören zu den unmittelbar Betroffenen des Eberlein-Projekts ›Modern living 2002‹. Nun können wir sogar eine weitere Linie ziehen, diesmal zwischen Mareile Eberlein und Frederik Zink. Es entsteht ein Dreiecksverhältnis, das wir analysieren und auflösen müssen. Meiner Ansicht nach ist der Schlüssel genau in diesem Spannungsverbund zu finden.«

»Warum?«, fragte Tabea in den Raum und fügte schnell ihre Überlegungen hinzu, die zu dieser Wortmeldung geführt hatten: »Zink sieht sich als Opfer der Sanierungspläne von Eberlein, ist ihm also feindlich gesinnt. Mareile Eberlein muss das gewusst haben, und dennoch pumpt sie Spendengelder in Zinks Tierschutzgruppe. Das verstehe ich nicht. Worin liegt ihre Motivation? In einer Art Wiedergutmachung, weil sie ein schlechtes Gewissen wegen der Bauprojekte ihres Mannes hat? Oder wollte sie ihrem Mann eins auswischen? Dazu würde passen, dass es in der Ehe gekriselt haben soll. Mareile Eberlein wollte uns zwar vom Gegenteil überzeugen, aber das habe ich ihr nicht abgekauft.«

»Zink und die Eberlein könnten eine Beziehung haben«, mutmaßte einer der Kollegen. »Markus Eberlein war deutlich älter als seine Frau, Zink dagegen ist ungefähr ihr Jahrgang.«

»Für eine Liebesbeziehung der beiden gibt es keinerlei Belege«, hielt Keller dem entgegen.

Die Diskussion nahm weiter Fahrt auf, und die Spekulationen schossen ins Kraut. Keller versuchte, die Besprechung auf ein faktenbasiertes Niveau zurückzubringen, und zog die Ergebnisse der forensischen Untersuchung hervor. Doch auch damit kamen sie nicht weiter.

Am Ende erhielten zwei Kollegen den Auftrag, Frederik Zink aufzusuchen und ihn nach seinen Alibis zu fragen. Und zwar für den Tag der Eisbärenbefreiung wie auch für den Tatzeitpunkt im Fall Eberlein. Sollte Zink nicht kooperieren, müsste man den Staatsanwalt in seiner Sonntagsruhe stören und ihn bitten, einen Haftbefehl zu besorgen – was schwierig werden dürfte, denn die Beweislage reichte wahrscheinlich nicht für einen begründeten Anfangsverdacht.

Keller selbst wollte gemeinsam mit Tabea die Witwe erneut befragen. Er rief bei ihr an, um ihren Besuch anzukündigen. Tabea war sehr gespannt darauf zu sehen, wie sie auf die Nennung des Namens Zink reagieren würde.

Diesmal stand das Tor offen, als sie eine knappe halbe Stunde später an der Erlenstegener Villa eintrafen. Keller pfiff anerkennend. »Jetzt, im Licht der Morgensonne, sieht es hier noch prachtvoller aus. Beneidenswert, in was für einem Traumhaus sich die Eberleins eingerichtet haben.«

»Für meinen persönlichen Geschmack ist der Baustil ein bisschen zu schlicht und kühl«, meinte Tabea und begleitete ihn über den Kiesweg bis zum Portal.

Sie läuteten, und kurz darauf wurde ihnen von einer sehr mageren jungen Frau geöffnet. »Ja, bitte, was möchten

Sie?«, fragte sie mit einem Akzent, den Keller nicht zuordnen konnte.

Keller wies sich aus und sagte, dass sie gern die Hausherrin gesprochen hätten; sie seien angemeldet. Die Frau, offenbar eine Angestellte, zog allerdings unsicher die Schultern hoch.

»Entschuldigung, Frau Eberlein ist nicht zu Haus.«

»Das ist aber seltsam«, sagte Keller mit gekräuselter Stirn. »Ich hatte extra vorher angerufen.«

»Können Sie uns sagen, wann sie zurückkommt?«, fragte Tabea.

»Tut mir leid, nein.« Die Frau wirkte jetzt noch unsicherer. »Frau Eberlein ist vor zwanzig Minuten weggefahren, ich weiß nicht, wohin. Sie wollte nicht lange bleiben, ich sollte das Frühstück für sie warmhalten. Frau Eberlein isst sonntags Omelette.« Scheu lächelnd fügte sie hinzu: »Mit Blattspinat und Tomate.«

»Sie sind die Haushälterin?«, vermutete Keller.

Die Frau nickte.

Er sah auf seine Armbanduhr. »Jetzt geht es auf halb zwölf zu. Ein bisschen spät fürs Frühstück. Wann genau hat Frau Eberlein das Haus verlassen?«

»Wie gesagt, vor etwa zwanzig Minuten, vielleicht fünfundzwanzig. Sie hatte es plötzlich sehr eilig.«

»Ist sie mit dem Auto gefahren?«, wollte Tabea wissen.

»Said hat sie gefahren, der Chauffeur.«

Keller erinnerte sich flüchtig an den Mann. Erst jetzt wurde ihm bewusst, dass der Fahrer bislang weder befragt noch sonst bei den Ermittlungen berücksichtigt worden war. Und das, obwohl er durch seine Arbeit in unmittelbarem Kontakt zu dem Getöteten gestanden hatte. Ein Versäumnis, warf Keller sich vor.

»Haben Sie schon versucht, sie auf dem Handy zu erreichen?«, fragte Keller mit aufkeimender Unruhe.

Die junge Frau schüttelte heftig den Kopf, als wäre es unvorstellbar, als einfache Gehilfin bei der Chefin anzurufen.

»Geben Sie uns bitte die Mobilfunknummer von Frau Eberlein und auch die des Fahrers«, sagte Tabea, und ihr drängender Ton verriet, dass auch sie sich jetzt Sorgen machte.

»Ich weiß nicht, ob ich das darf.«

»Sie dürfen nicht nur, Sie müssen!«, bekräftigte Keller.

»Ich muss die Nummern suchen«, sagte sie und verschwand im Haus.

Die Gedanken überschlugen sich in Kellers Kopf. Plötzlich fügten sich einzelne Puzzleteile, die er nur am Rande wahrgenommen hatte, zu einem Großen und Ganzen zusammen. Heraus kam ein Bild, das ihn elektrisierte.

»Mareile Eberlein ist starke Raucherin«, sprach er seine Überlegungen aus. »Während der Geburtstagsfeier ihres Mannes ist sie wahrscheinlich immer wieder nach draußen auf die Terrasse gegangen, um sich eine Zigarette anzuzünden. Dem Abdruck der Bärentatzen nach zu urteilen, die ich dort gesehen habe, muss ihr eines der Tiere sehr nahe gekommen sein. Zwei Tage später, auf der Baustelle, wollte sie gleich nach dem Rundgang einen Termin bei der Kosmetikerin wahrnehmen, das hat sie mir selbst gesagt. Daher hätte es eigentlich sie sein sollen, die zuerst in den Aufzug gestiegen wäre.«

Tabea sah ihn mit steinerner Miene an. »Dann galten die Anschläge tatsächlich nicht Markus Eberlein ...«

»... sondern seiner Frau!«, führte Keller den Satz zu Ende.

Tabea schlug sich mit der flachen Hand auf die Stirn. »Verdammt, warum sind wir bloß so blind gewesen? Das hätte uns viel früher auffallen müssen!«

»Es bleibt nach wie vor eine sehr gewagte, ja geradezu verrückte Theorie, Eisbären als Mordwerkzeuge einzusetzen«, hinterfragte sich Keller selbst. »Aber wir dürfen nichts ausschließen, denn Frau Eberlein schwebt womöglich in großer Gefahr.«

Die Haushälterin erschien mit einem abgerissenen Notizzettel in der Tür und streckte ihn Keller entgegen. »Das sind die Nummern«, sagte sie verängstigt. »Die obere ist die von Frau Eberlein, die andere die von Said.«

Keller reichte den Zettel an Tabea weiter, die ihr Handy aus der Handtasche zog und sofort damit begann, eine der Nummern einzugeben. Keller wartete gebannt, was sich tun würde.

»Frau Eberlein geht nicht ran«, sagte Tabea nach einer Weile. »Ihre Mobilbox ist angesprungen.«

»Versuch es beim Fahrer«, sagte Keller, und es klang wie ein Befehl.

Tabea tippte die zweite Nummer ein, presste das Handy ans Ohr und wartete mit angespannter Miene. »Auch nicht. Wieder nur die automatische Ansage.«

Keller sah die Haushälterin eindringlich an. »Wissen Sie, wohin Frau Eberlein wollte?«

»Nein, das weiß ich leider nicht. Frau Eberlein teilt mir so gut wie nie mit, was sie vorhat.«

»Hat der Fahrer, hat Said zu Ihnen irgendetwas gesagt, was auf ihr Ziel schließen lässt?«

»Nein, ich habe ihn nicht mehr gesprochen, er saß ja schon im Auto. Und Frau Eberlein hatte es eilig, da blieb keine Zeit. Aber sie wollte ja auch bald wiederkommen.«

»Was können Sie uns über Said sagen?«, fragte Tabea. »Wie verstehen sich Frau Eberlein und er? Gab es in letzter Zeit Spannungen zwischen den beiden?«

Die Haushälterin machte große Augen. »Spannungen? Wie meinen Sie das?«

»Die Kollegin möchte wissen, ob es Probleme gibt«, ergänzte Keller und suchte nach Motiven: »Hat sich der Fahrer eventuell etwas zuschulden kommen lassen? Drohte ihm die Kündigung?«

»Said? Aber nein! So etwas wüsste ich doch.«

»Wir brauchen jetzt eine genaue Beschreibung des Wagens von Ihnen«, sagte Tabea und zückte einen Stift: »Fahrzeugtyp, Farbe und natürlich das Kennzeichen.«

»Ein Mercedes, dunkel. Fast schwarz. Das Nummernschild kenne ich nicht. Entschuldigung.«

»Der Wagen ist auf Herrn oder Frau Eberlein zugelassen, nehme ich an? Dann finden wir das Zulassungskennzeichen auch so heraus.«

Sie baten die Haushälterin, sich in der Nähe des Telefons aufzuhalten und sie zu verständigen, sollte der Wagen mit Frau Eberlein demnächst vorfahren. Dann beeilten sie sich, zurück zu ihrem Auto zu kommen und eine Fahndung auszulösen.

»Wer hat es auf Frau Eberlein abgesehen?«, fragte Tabea, kaum dass der Funkspruch an die Einsatzzentrale abgesetzt war. »Wirklich dieser Fahrer? Aber aus welchem Grund?«

Keller, der sich vorwarf, offensichtliche Hinweise übersehen zu haben, beschrieb seine vage Ahnung: »Es muss sich um jemanden handeln, der beide Male in der Nähe gewesen ist. Und das trifft nun einmal auf Said zu. Das sind die Fakten.«

»Und jemand, der in irgendeiner Verbindung zu Mareile Eberlein steht«, ergänzte Tabea.

Keller warf Tabea einen vielsagenden Blick zu. »Es ist sicher kein Zufall, dass er und Mareile Eberlein gemeinsam von der Bildfläche verschwunden sind.« Er startete den Motor und lenkte den Wagen aus der Parklücke vorm Eberlein-Anwesen.

Das Funkgerät rauschte, die Zentrale meldete sich: Sie hatten Glück. Einer Streife war eine Limousine im Halteverbot aufgefallen. Laut Kennzeichen handelte es sich um einen auf Eberlein zugelassenen Wagen und somit sehr wahrscheinlich um das gesuchte Fahrzeug.

»Das ging ja schnell!«, rief Keller mit wiederkehrendem Optimismus. »Haben die Kollegen Fahrer und Fahrgast angetroffen?«

»Negativ«, lautete die Antwort.

»Wo steht der Wagen?«

»Die Zentrale hat eine Adresse in Kraftshof durchgegeben. Mitten im Knoblauchsland.«

Keller ließ die Seitenscheibe herunter und setzte das magnetische Blaulicht aufs Dach.

Dann gab er Gas.

15

--- Sonntag, 2. April 2000, 11:45 Uhr ---

Als sie eintrafen, wartete die Streifenbesatzung bereits auf sie. Tabea sprang noch vor Keller aus dem Auto und sprach die beiden Polizisten an: »Eine Ahnung, wo sich die Personen aufhalten?«

Der Streifenpolizist zuckte die Schultern, während seine Kollegin auf eine Scheune zeigte, ungefähr vierzig bis fünfzig Meter von ihrem Standort entfernt.

»Möglicherweise dort«, vermutete sie. »Sonst gibt es hier ja nichts. Nur Äcker.«

Tabea schloss sich dieser Annahme an, denn ringsherum lagen Gemüsefelder, die keinerlei Sichtschutz oder Deckung boten, und die Scheune war das einzige Gebäude weit und breit. Der nächste Ort, Kraftshof, war zu weit weg, um die Strecke zu Fuß zurückzulegen, es sei denn, man plante einen ausgedehnten Spaziergang.

Keller stellte sich neben Tabea und knöpfte das Holster mit seiner Dienstwaffe auf. »Dann wollen wir mal«, sagte er und gab den Beamten in Uniform die Anweisung, an der Limousine zu warten. »Sollten die Gesuchten auftauchen, halten Sie sie auf.«

Tabea betrat den Feldweg, der zu der Scheune führte, Keller ging dicht an ihrer Seite. »Was erwartet uns da drin?«, fragte sie und merkte, wie sich ihr Herzschlag beschleunigte.

»Vielleicht erwischen wir die beiden in flagranti, das wäre die harmlose Variante. Es kann aber auch ganz anders kommen. Ich kann nur hoffen, dass Said nicht durchdreht und mit sich verhandeln lässt.«

»Verhandeln? Gehst du davon aus, dass er Mareile Eberlein als Geisel hält? Noch wissen wir viel zu wenig, und die ganze Geschichte über eine heimliche Liebschaft und deren Ende sind pure Spekulation. Steigere dich nicht verfrüht in so ein Szenario hinein«, empfahl Keller, wirkte aber selbst extrem angespannt.

Tabea ahnte, dass er sie und sich selbst mit diesen Worten nur beruhigen wollte. Doch mit so was brauchte er ihr nicht zu kommen. »Hast du etwa eine bessere Erklärung?«, fragte sie. Kaum hatte sie ausgesprochen, da fiel ihr Blick auf etwas blau Schimmerndes am Boden. Sie bückte sich danach und hielt eine schmale Gucci-Tasche mit goldener Kordel in der Hand. Ob Mareile Eberlein sie verloren hatte? Oder bewusst fallen gelassen, um einen Hinweis auf ihren Verbleib zu geben?

Keller preschte vor, Tabea lief hinterher. Nach dem Taschenfund wurde ihr die Sache zu heikel. »Sollten wir nicht auf Verstärkung warten?«

»Dann kann es vielleicht schon zu spät sein!«

Sie erreichten die Scheune, die aus der Nähe ziemlich heruntergekommen aussah. Eher wie eine Art großer Geräteschuppen mit löchrigem Dach und schlecht schließenden Rolltoren.

Keller zog seine Pistole und pirschte sich an eines der Tore heran. Tabea tat es ihm gleich. Durch einen handbreiten Spalt im brüchigen Holz konnten sie ins Innere spähen. Dort herrschte ein diffuses Dunkel, das durch einzelne Sonnenstrahlen durchbrochen wurde, die sich ihren Weg durch die Löcher im Dach bahnten. In den hellen Lichtstreifen tanzten Tausende Staubteilchen.

Tabea entdeckte sie zuerst: Ganz hinten, am anderen Ende der mit Erntemaschinen und einem verrosteten Traktor gefüllten Scheune, standen sich zwei schemenhafte Figuren gegenüber. Den unterschiedlichen Proportionen nach zu urteilen handelte es sich um eine zierliche Frau und einen Einsneunzig-Mann: Said!

Tabea stupste Keller an, und der umfasste einen rostzerfressenen Griff. Vorsichtig zog er das Tor ein Stück weiter auf. Mit Handzeichen gab er ihr zu verstehen, dass sie weiter heranmüssten.

Diese nickte stumm und schlüpfte durch den Spalt in den Schuppen. Mit äußerster Vorsicht huschte sie auf leisen Sohlen bis zu einer Egge, zwischen deren Zinken sich dichte Spinnweben spannten. Der allgegenwärtige Staub löste einen Juckreiz in der Nase aus, und Tabea musste ein Niesen unterdrücken. Aus den Augenwinkeln nahm sie wahr, wie Keller sich auf einem anderen Weg durchschlug. Gleichzeitig zeigte er ihr an, sie solle sich von ihrer Seite aus nähern. Auf diese Weise konnten sie Said in die Zange nehmen.

Rasch kam sie weiter vorwärts und verbarg sich hinter einem Stapel ausgedienter Kartoffelkisten. Sie hatte sich den anderen jetzt bis auf Hörweite genähert – und erkannte den langen glänzenden Gegenstand in der Hand des Mannes. Ein Messer!

Während sie Said nur im Profil sehen konnte, fiel das Licht auf Mareile Eberleins Gesicht und zeigte die nackte Angst in ihren Augen.

»Lass es sein, Said«, flehte sie. »Das hat doch keinen Zweck. Willst du mich etwa mit Gewalt dazu zwingen?«

»Wenn es nicht anders geht, ja«, antwortete Said mit unruhiger Stimme. Das Messer in seiner Rechten zitterte. »Ich liebe dich so sehr. Ich würde alles für dich tun, das weißt du.«

»Du willst alles für mich tun? Dann akzeptiere endlich, dass es vorbei ist, und lass mich gehen.«

»Es ist nicht vorbei. Es wird niemals vorbei sein. Das hast du selbst einmal gesagt.«

Tabea hörte ein leises Rascheln. Keller hatte ebenfalls Deckung gefunden und kauerte jetzt neben einem alten Traktorreifen. Theoretisch könnten sie Said von zwei Seiten in die Zange nehmen und zur Aufgabe zwingen. Doch seine Nähe zu Mareile Eberlein würde den Zugriff zu einem schwer zu kalkulierenden Risiko machen. Daher zögerte Tabea, und auch Keller machte keine Anstalten, nach vorn zu stürmen.

»Leg das Messer weg, Said.« Die Stimme der Witwe klang weinerlich und beinahe hoffnungslos. »Bitte.«

»Waren wir nicht glücklich zusammen? Hast du nicht gesagt, unsere Liebe währt ewig?«, fragte Said und fuchtelte unentschlossen mit dem Messer.

Gerade diese Unentschlossenheit macht ihn gefährlich, dachte Tabea. Blieb am Ende nur der finale Rettungsschuss? Tabea merkte, wie ihr der Schweiß ausbrach.

»Es war eine Affäre. Wir hatten Spaß zusammen, und ja, es ist schön mit dir gewesen. Aber nun ist es vorbei, du musst das akzeptieren.« Mareile Eberlein hob flehentlich die Hände. »Du wirst eine neue Liebe finden, Said. Ganz gewiss. Du wirst schon bald über mich hinwegkommen und dein Herz einer anderen schenken. Alles wird gut.«

Said atmete schwer. »Bist du deswegen mit mir hierhergekommen? Um mir zu sagen, dass ich mich zum Teufel scheren soll? Willst du mich wegschmeißen wie ein ausgedientes Spielzeug? Und dein Gerede über die große Liebe? Hast du dir bloß einen Scherz mit mir erlaubt?«

»Said, bitte beruhige dich. Du hast gewusst, dass du dich auf eine verheiratete Frau einlässt. Dir muss doch klar gewesen sein, dass das nichts von Dauer ist.«

»Aber jetzt bist du frei, *mahbubi*. Nichts und niemand steht mehr zwischen uns!«

»Wir sind kein richtiges Paar, Said, und wir werden nie eines werden.«

Tabea suchte den Blickkontakt zu Keller. Dieser hielt seine Waffe mit beiden Händen umklammert. In seinem Gesicht stand feste Entschlossenheit. Auch Tabea machte sich jetzt bereit für den Zugriff.

»Ich schaffe das nicht!«, rief Said und begann zu schluchzen. »Unsere Liebe ist so groß und geht so tief. Du hast mir immer das Gefühl gegeben, dass du genauso empfindest. Das kann nicht einfach vorüber sein. Sag, dass du mich genauso liebst wie ich dich.«

»Es ist vorbei, Said.«

Said stieß einen lauten Schmerzensschrei aus und trat mit dem Fuß fest auf den Boden. Dann fuhr er herum und drehte sich mit dem erhobenen Messer um die eigene Achse, als würde er einen Veitstanz hinlegen. Dabei jaulte er wie ein verwundetes Tier.

Die schnellen, wilden Bewegungen irritierten Tabea. Was tat er da? Hatte er vor, sich selbst zu töten, indem er sich in die Schneide stürzte? Oder holte er Schwung, um Mareile Eberlein das Messer in den Körper zu rammen?

Tabea sah sich abermals nach Keller um. Der verharrte noch immer in seiner Position, die Pistole schussfertig. Saids klagende Schreie drangen in ihr Ohr, dann fing sie Mareile Eberleins verängstigten Blick auf.

Was als Nächstes passierte, geschah wie von selbst: Tabea gab ihr Versteck auf, sprang auf die Beine und stürzte nach vorn. Die Pistole fest umklammert und die Arme ausgestreckt lief sie auf Said zu.

»Polizei! Messer fallen lassen!«, brüllte sie.

Zeitgleich löste sich Keller aus dem Halbdunkel, ebenfalls mit vorgehaltener Waffe.

»Messer weg!«, wiederholte Tabea. Ihr Zeigefinger zuckte über dem Abzug.

Said starrte sie mit irrem Blick an. Tabea erkannte seine Überraschung – oder war es eher Fassungslosigkeit? Jetzt bemerkte Said auch Keller und dass sich die Läufe zweier Pistolen auf seine Brust richteten.

»Legen Sie endlich das Messer weg!«, befahl Keller.

Doch Said schien seine Worte nicht wahrzunehmen. In seinen blutunterlaufenen Augen stand der nackte Wahnsinn. Das Messer schwebte über seinem Kopf, als er seine Drehbewegung wieder aufnahm und sich dabei Mareile Eberlein näherte.

»Letzte Warnung!«, rief Keller.

Tabea zielte.

»Messer weg!«, schrie Keller.

Tabea beobachtete, wie sich die Schneide senkte.

Dann drückte sie ab.

16

--- Sonntag, 2. April 2000, 13:20 Uhr ---

Tabea saß mit fahler Gesichtsfarbe und gekrümmter Körperhaltung wie verloren auf einem Baumstumpf und starrte vor sich hin. Von dem Trubel, der in und rund um die alte Scheune herrschte, bekam sie offenbar nichts mit. Sie schottete sich von der Welt ab, und Keller konnte das verstehen.

Ihm war es genauso ergangen, als er das erste Mal einen Menschen töten musste. Nie würde er den stürmischen Herbsttag im Jahr 1986 vergessen, an dem er zu einem Überfall auf einen Lottoladen in Kleinreuth gerufen worden war. Als er zusammen mit einem Kollegen bei dem kleinen Geschäft ankam, lief der Raubzug noch. Es gelang ihnen, den Täter zu stellen, doch als die Sache schon gelaufen schien und Keller dem Mann Handschellen anlegen wollte, entriss dieser dem Kollegen die Waffe und legte auf sie an. Keller handelte sofort, schrie eine kurze Warnung und schoss. Der Kollege und auch die Ladenbesitzerin bestätigten später, dass Keller genau das Richtige getan und durch sein beherztes Eingreifen Schlimmeres verhindert hatte – zumal sich danach herausstellte, dass es sich bei dem Räuber um einen mehrfach Vorbestraften handelte, der bereits wegen Totschlags eingesessen hatte. Doch Keller selbst fragte sich seit diesem einschneidenden Tag in seiner

Polizeilaufbahn, ob er nicht vorschnell reagiert hatte. Womöglich hätte ein Warnschuss ausgereicht, um den Täter zur Aufgabe zu bewegen.

Vermutlich quälte sich Tabea gerade mit ganz ähnlichen Gedanken. Keller stellte sich neben sie und klopfte ihr behutsam auf die Schultern. »Brauchst du irgendwas? Die Kollegen haben heißen Tee mitgebracht. Wenn du möchtest, kann ich auch psychologische Betreuung für dich anfordern.«

Tabea winkte ab. »Danke, nein, es geht schon. Ich brauche einfach etwas Ruhe.«

Keller ging neben ihr in die Hocke und schwieg. Aus seiner Position konnte er verfolgen, wie die Kollegen von der Spurensicherung in ihren weißen Schutzanzügen die Umgebung absuchten und kleine Markierungstafeln platzierten. Auch weitere Mitglieder von der SoKo Eberlein trafen ein. Keller hatte sie angefordert, da der Tod des Baumoguls und die aktuelle Lage aus seiner Sicht in direktem Zusammenhang standen. Er ging davon aus, dass der Chauffeur in seinem Liebeswahn Markus Eberlein getötet und anschließend auch das Objekt seiner Begierde zu zerstören versucht hatte. So gesehen hatte Tabea völlig richtig gehandelt – allerdings konnten sie nun kein Geständnis mehr von Said bekommen. Für die lückenlose Rekonstruktion der Geschehnisse mussten sie auf die Kooperation von Mareile Eberlein setzen.

Noch einmal tätschelte Keller Tabeas Schulter. Dann erhob er sich und sagte: »Ich lasse dich erst einmal allein, in Ordnung?«

Tabea zog ein Papiertaschentuch aus der Hose und tupfte sich die Nase. »Ja, klar, geh nur. Nimmst du dir die Zeugin vor?«

»Ja. Ich denke, sie müsste nun so weit sein, mir ein paar Fragen beantworten zu können.«

»Viel Erfolg. Und sag ihr bitte ...«

»Ja?«

»Sag ihr, dass es mir leidtut.«

»Dass du ihr das Leben gerettet hast, Tabea? Nein, es muss dir nicht leidtun. Du hast in einer Notsituation die einzig richtige Entscheidung getroffen, so sieht es aus.«

Als Keller die Scheune erreichte, musste er zwei Männern ausweichen, die einen grauen Metallsarg heraustrugen. Auf Mareile Eberlein traf er sichtgeschützt hinter einem Holzstapel. Eine Rettungssanitäterin gab auf sie acht; zuvor hatte sich bereits ein Notarzt um sie gekümmert und ihr ein Beruhigungsmittel verabreicht.

»Fühlen Sie sich imstande, mir einige Fragen zu beantworten?«

Die Witwe, deren Schminke zerlaufen und deren Kleider beschmutzt waren, nickte huschig. »Mein Gott, ich kann es immer noch nicht fassen«, sagte sie und wirkte trotz der Beruhigungspillen aufgewühlt. »Dass Said zu so etwas fähig sein könnte. Nein, das habe ich nicht erwartet. Was ist bloß in ihm vorgegangen? Er hätte mich glatt erstochen. Bei ihm muss eine Sicherung durchgebrannt sein.«

»Bitte der Reihe nach, Frau Eberlein«, bat Keller und klappte seinen Notizblock auf. »Erzählen Sie mir von sich und Ihrem Chauffeur. Sie beiden hatten eine Affäre, trifft das zu?«

Mareile Eberlein sah zunächst Keller an, anschließend warf sie einen Blick auf die Sanitäterin. Keller verstand den Wink und bat die Sanitäterin, sie allein zu lassen.

»Also, ja, ich, äh, ich werde das jetzt nicht leugnen«, gab sie stammelnd von sich.

»Wie lange ist das zwischen Ihnen beiden schon gegangen?«

»So genau kann ich das nicht sagen«, wich sie aus. »Said ist vor eineinhalb Jahren zu uns gekommen. Markus hat ihn eingestellt, weil er gute Referenzen als Fahrer hatte. Ich habe ziemlich bald gemerkt, dass er mir schöne Augen macht. Er hat nie etwas gesagt, aber man spürt so etwas natürlich.«

»Wann haben Sie sich auf die Beziehung mit ihm eingelassen?«

»Nennen Sie es nicht Beziehung, für mich war es immer nur eine Affäre, ganz sicher nichts Ernstes, wie Said offenbar angenommen hat. Das Ganze begann – wie soll ich sagen? – schleichend. Anfangs mit fast zufälligen Berührungen und langen Blicken. Vor ungefähr einem halben Jahr haben wir uns das erste Mal geküsst.«

»Wer hat den ersten Schritt gemacht? Sie oder Said?«

»Said natürlich. Ich hätte es lieber nicht darauf ankommen lassen.«

»Seit einem halben Jahr lief also etwas zwischen Ihnen, und Ihr Mann hat nichts davon gemerkt?«

»Wir sind sehr diskret gewesen. Es ist aber auch nicht besonders schwierig gewesen, denn Markus war viel außer Haus.«

»Danke für Ihre Offenheit«, sagte Keller und führte das Ende seines Kugelschreibers an die Unterlippe. »Schildern Sie mir bitte den Verlauf des heutigen Vormittags. Ihre Haushälterin gab an, Sie hätten die Villa gegen Viertel vor elf verlassen, unmittelbar, nachdem ich Sie angerufen hatte. Zu welchem Zweck?«

»Tut mir sehr leid, dass ich nicht auf Sie gewartet habe. Said hat darauf gedrängt. Es ist schönes Wetter und warm für die Jahreszeit. Er wollte mit mir rausfahren, aufs Land, um ... Na, Sie verstehen sicher.«

»Für Ihr Privatvergnügen die Polizei zu versetzen ist sicher kein akzeptabler Grund. Sie hätten das auf später verschieben können.«

Mareile Eberlein senkte den Kopf. »Ich konnte nicht warten, wirklich. Ich musste es endlich hinter mich bringen«, sagte sie leise.

»Erklären Sie das.«

»Hier im Knoblauchsland gibt es einige verschwiegene Ecken, wo sich selten jemand hin verirrt. Die alte Scheune haben wir schon öfter genutzt. Heute hierher zu kommen war mir sehr recht, denn ich hatte mir fest vorgenommen, es ihm so bald wie möglich zu sagen.«

»Ihm zu sagen, dass Sie die Verbindung beenden wollten?«, ahnte er.

»Genau, richtig. Deswegen habe ich ihn hergeführt. In aller Ruhe wollte ich ihm erklären, dass es vorbei ist, er aber gern mein Fahrer bleiben könnte. Ich nahm an, dass das hier der richtige Ort dafür sein würde, denn hier sind wir ungestört und unter uns, schließlich wollte ich ihn ja nicht vor unserem Hausmädchen bloßstellen. Ich hatte gehofft, dass er mich versteht und wir im Guten auseinandergehen.«

»Was ist dann passiert?«, fasste Keller nach. »Gab es einen konkreten Auslöser für Saids Aggressivitätsausbruch?«

»Ich fürchte ja«, antwortete sie nach einiger Zeit des Nachdenkens. »Denn ich bin nicht standhaft gewesen und habe mich noch einmal dazu hinreißen lassen.«

»Dazu?«

»Wir haben miteinander geschlafen, um es klar zu sagen. Kurz, aber mit Leidenschaft.«

»Aus welchem Grund wollten Sie sich eigentlich von Said loslösen? Sie hätten die Beziehung ja ohne Weiteres weiterlaufen lassen und jetzt, nach dem Tod Ihres Mannes, sogar ganz befreit führen können.«

Vehement schüttelte sie den Kopf. »Nein, das kam nicht infrage. Eine gemeinsame Zukunft an der Seite von Said hätte ich mir nicht vorstellen können. Nein, nein, niemals. Außerdem: Jetzt, nachdem Markus tot ist und all die Verantwortung mit der Firma auf meinen Schultern lastet, muss ich mein Leben neu strukturieren. Said passt da nicht hinein.«

»Haben Sie ihm das so gesagt?«

»Nein, natürlich nicht. Ich habe ihm erklärt, was in mir vorgeht und dass sich für mich einiges ändern wird. Ich sagte ihm, dass ich ihn nach wie vor mag und schätze und gern als Angestellten behalten möchte. Aber eben nur als Chauffeur und nicht mehr.«

»Woher hatte er eigentlich das Messer?«

»Aus einem Picknickkorb. Wir hatten ihn im Kofferraum dabei, und Said hat ihn mit in die Scheune getragen. Er dachte wohl, dass wir danach zusammen frühstücken würden. Der Korb müsste noch irgendwo da drin stehen.«

»Die Spurensicherung wird sich darum kümmern«, sagte Keller und machte sich einen Vermerk. »Leider muss ich Sie noch um weitere Details bitten, damit ich mein Bild von den Ereignissen abrunden kann: Können Sie die Eskalation der Lage näher beschreiben?«

»Es kam mir vor wie ein Albtraum.« Mareile Eberlein schüttelte sich, als würde sie frieren. »Gerade noch saßen wir friedlich zusammen, und ich hatte den Eindruck, dass Said Verständnis für mich und meine Entscheidung aufbringt. Dann griff er plötzlich in den Korb und holte dieses

Messer hervor. Er hat mich beschimpft und mir gedroht, dass er mir etwas antut, wenn ich ihm nicht die ewige Liebe schwöre. Ich habe versucht, ihn zu beruhigen, aber er war wie besessen.«

»Gut, dass wir im rechten Moment zur Stelle waren«, schloss Keller und klappte den Block zu. »Möchten Sie, dass Sie jemand nach Hause fährt oder begleitet?«

»Nein, ich komme mit dem Wagen zurecht. Das schaffe ich allein.«

»Wie Sie wünschen. Wir werden Sie bald wieder kontaktieren und ins Präsidium einbestellen. Leider kann ich es Ihnen nicht ersparen, Ihre Beobachtungen als Zeugin dort zu Protokoll zu geben.«

»Ich verstehe.« Sie richtete sich langsam auf und wischte sich dabei den Staub von der Bluse. »Selbstverständlich stehe ich Ihnen und Ihren Mitarbeitern zur Verfügung«, sagte sie nun sehr besonnen.

»Danke.« Keller wandte sich ab, drehte sich dann aber doch noch einmal um. »Oder gibt es etwas, das Sie schon jetzt ergänzen möchten?«

Sie sah ihn überrascht an. »Nein, ich denke nicht«, antwortete sie etwas zögerlich.

Keller nickte ihr zu. »Also dann, erholen Sie sich und zögern Sie nicht, sich psychologische Hilfe zu holen.«

Zurück bei Tabea stellte er erleichtert fest, dass ihre Wangen wieder etwas Farbe angenommen hatten. Sie zeigte sogar ein schwaches Lächeln, als sie ihn kommen sah.

Keller hielt seinen Notizblock hoch. »Sie hat mir das ganze Drama geschildert. Offenbar ahnte sie nicht, was auf sie zukam. Nach ihren Worten begann es harmonisch und lief erst später aus dem Ruder.«

»Die Arme muss ja vollkommen fertig sein«, konstatierte Tabea.

»Ja und nein. Für das, was sie gerade durchgemacht hat, wirkte sie auf mich erstaunlich gefasst. Außerdem stimmt etwas nicht an ihrer Geschichte«, sagte Keller sehr nachdenklich.

»Was denn?«

»Als Erstes mal der Treffpunkt: Warum wollte sie den Schlussstrich in ungeschützter Umgebung ziehen, wo sie völlig auf sich gestellt ist und auch bei einem weniger glimpflichen Streit damit rechnen musste, dass Said sie hier im Nirgendwo zurücklässt.«

»Das hat sie doch erklärt: Sie wollte ihn nicht im Beisein anderer abkanzeln, außerdem bot die Scheune beiden eine vertraute Umgebung.«

»Und dann die Handtasche: Wenn sich der Streit erst nach dem Sex in der Scheune entwickelt haben soll, weshalb haben wir ihre Tasche auf dem Weg dorthin gefunden? Wenn sie Said freiwillig gefolgt ist, hätte sie keinen Grund gehabt, dieses Zeichen zu hinterlassen, oder?«

»Dann hat Frau Eberlein sie wohl doch nur verloren und es nicht bemerkt«, suchte Tabea nach einer anderen Erklärung.

»Oder aber sie wollte, dass man ihr Scheunenversteck findet. Auch die Limousine ist ja nicht gerade unauffällig geparkt.«

Tabea sah ihn ratlos an. »Aber warum? Das ergäbe überhaupt keinen Sinn, wenn sie die Affäre eigentlich geheim halten wollte.«

Doch, dachte Keller, es würde einen Sinn ergeben, sollte das ganze Szenario genau durchdacht und geplant gewesen sein.

In diesem Fall hätten sich Keller und Tabea zu Handlangern in einem besonders perfiden Mordkomplott gemacht.

Helga ahnte sofort, dass etwas nicht stimmte. Umso mehr dankte Keller seiner Frau im Stillen dafür, dass sie ihn nicht gleich in der Wohnungstür mit Fragen überfiel.

Nachdem er seinen Anzug gegen bequemere Kleidung getauscht und sich frischgemacht hatte, gesellte er sich zu ihr ins Wohnzimmer, wo Sophie schon wieder damit beschäftigt war, computeranimierte Monster zu jagen.

»Kannst du den Ton etwas leiser drehen?«, bat er.

Sophie rollte mit den Augen. »Kauft mir nen eigenen Fernseher für mein Zimmer, und ihr habt eure Ruhe.«

Keller ging nicht darauf ein und zog sich mit Helga in die Küche zurück, wo es aus dem Ofen verführerisch roch.

»Also«, sagte Helga und strich ihm über den Arm. »Möchtest du darüber reden?«

Keller zögerte. Zu frisch waren die Eindrücke aus der Scheune. Das Bild des erschossenen Said auf dem strohbedeckten Boden, um ihn herum eine Lache aus Blut. Und das Bild von Tabea, die ihre Waffe noch in den ausgestreckten Händen gehalten hatte, als längst jedes Leben aus Said gewichen war.

»Ist es wegen dem Bären, den du erschießen musstest?«, versuchte sich Helga in seine Lage zu versetzen. »Das geht dir immer noch nach, ja?«

Ja, Yukons Ende beschäftigte ihn tatsächlich noch immer und nagte unablässig an ihm. Doch heute Abend ging es um etwas anderes: erneut um einen tödlichen Schuss – diesmal aber abgefeuert auf einen Menschen.

»Möglicherweise haben wir einen fatalen Fehler begangen«, sagte er und berichtete Helga, was vorgefallen war.

»Nehmen wir an, Tabea hätte nicht geschossen und du auch nicht. Mareile Eberlein wäre dann vermutlich tot. Ihr konntet also gar nicht anders, als genauso zu handeln, wie ihr es getan habt.« Helga versuchte ihn aufzubauen. Das wusste Keller sehr zu schätzen. Schon oft hatte sie ihn in ähnlichen Situationen aus einem seelischen Tief geholt. Heute aber konnten ihre Worte nicht fruchten.

Kellers Zweifel blieben und begleiteten ihn bis weit in die Nacht.

17

--- Montag, 3. April 2000, 08:10 Uhr ---

Alles zurück auf null! Konrad Keller hatte sich mit Zoodirektor Zocher verabredet, der am Kassenhäuschen auf ihn wartete. Damit setzte sich Keller über die Anweisung hinweg, seine Finger von der Eisbärensache zu lassen, doch das war ihm gerade egal.

Als sie sich die Hand gaben, spürte Keller, dass es sich bei Zocher nicht nur um einen Verwaltungsmenschen handelte – der kräftige Händedruck sprach dafür, dass dieser Mann auch zupacken konnte, wenn es erforderlich war.

»Ich habe mich ein wenig über Ihren Anruf gewundert«, sagte Zocher. »Unser Täter sitzt in Untersuchungshaft, und trotzdem ein weiterer Besuch der Polizei?«

»Sie haben recht, die Ermittlungen der SoKo Eisbären sind abgeschlossen.«

»Aber?« Zocher runzelte die Stirn.

»Sind Sie so nett und begleiten mich noch einmal zum Gehege der Eisbären?«, bat Keller.

»Ich verstehe zwar nicht, weshalb, doch wenn Sie das wünschen, mache ich es gern. Ihren mutigen Einsatz in der Nacht, als es passiert ist, habe ich nicht vergessen. Das hätte sich nicht jeder getraut.«

Zu so früher Stunde begegneten sie in der parkähnlichen Anlage nur Personal. Keller nutzte den Spaziergang zum

Eisbärengehege, um mehr über die getöteten Tiere zu erfahren, denn Sophies Haltung hatte ihn diesbezüglich sensibilisiert – und mehr noch sein Schuss auf Yukon: »Haben Sie immer noch Ärger mit den Demonstranten?«, fragte er. »Die Haltung von Eisbären ist nicht unumstritten, nicht wahr?«

»Das stimmt«, sagte Zocher unumwunden. »Der Eisbär gehört zwar zu den populärsten Zootieren, gleichzeitig aber auch zu jenen Arten, deren Haltung von Tierrechtlern oder -schützern am stärksten bekämpft wird. Die Zoos stehen hier unter permanenter Kritik, historisch betrachtet sogar zu Recht.«

»Weshalb?«

»Es ist gar nicht so lange her, da wurden Eisbären unter beengten Verhältnissen in reizarmen ›Betonarien‹ und – das ist besonders problematisch! – gruppenweise gehalten. Die Tiere zeigten dann oft Verhaltensauffälligkeiten, wiesen Hautentzündungen auf und verloren teilweise sogar ihr Fell. Es gab Probleme mit Milbenbefall und Hautpilz.«

»Das hat sich inzwischen verändert?«

»Grundlegend! Erstens haben sich die Bestände der verschiedenen Bärenarten in den Zoos stark reduziert. Außerdem wurden die Gruppen verkleinert, gleichzeitig sind die Gehege gewachsen und viel anspruchsvoller gestaltet. Die Bären leiden nun nicht mehr unter Stress, und den Parasitenbefall haben wir im Griff. Eisbären können im Zoo nun ein Alter von über vierzig Jahren erreichen.«

»Dennoch vierzig Jahre in Gefangenschaft anstatt in freier Natur, würden Ihre Gegner jetzt wahrscheinlich sagen.«

»Dabei wird allerdings gern vergessen, dass Eisbären in freier Wildbahn vom Aussterben bedroht sind und seit 1982 auf der Roten Liste für gefährdete Tierarten stehen. Wir

Tierparks halten mit unseren Zuchtprogrammen dagegen: Immer mehr Junge werden in Zoos geboren und erfolgreich von Hand aufgezogen. Im Aufbau ist auch ein sehr ambitioniertes, zoogestütztes Artenschutzprojekt.«

Sie erreichten das verwaiste Gehege. Inzwischen hatte man das Wasser, mit dem eines der großen Becken für die Bären geflutet gewesen war, abgelassen. Auf dem nackten Betonboden sammelten sich Äste und Blätter. Ein trostloser Anblick, fand Keller.

»Um auf mein eigentliches Anliegen zu kommen: Sie werden innerhalb Ihrer Belegschaft gewiss oft über die Tragödie sprechen. Sind dabei irgendwelche weiteren Erkenntnisse zutage getreten? Hat vielleicht jemand aus dem Team eine Beobachtung gemeldet, die bei den Befragungen durch meine Kollegen noch nicht bekannt war?«

»Ich habe gedacht, dass sich der Verdacht gegen diesen jungen Mann mittlerweile erhärtet hat. Warum also diese Frage?«

»Weil ich noch einer anderen Spur nachgehe«, zog Keller den Tiergartendirektor ins Vertrauen. »Ich weiß, dass sich alles recht rasch auf den Tatverdächtigen fokussiert hat und sich etliche Augenzeugen meldeten, die ihn zur fraglichen Zeit am Gehege gesehen haben wollen. Nur könnte es sein, dass dadurch andere Beobachtungen in den Hintergrund gerieten.«

Zocher sah ihn grüblerisch an. »Mir ist nichts dergleichen bekannt. Aber wenn Sie möchten, hören wir uns noch einmal um. Begleiten Sie mich doch zum Betriebshof, dort sind die Umkleiden und die Kantine untergebracht. Die Pfleger, die für die Raubtiere zuständig sind, müssten gerade Frühstückspause machen. Sie können mit ihnen sprechen, wenn Sie wollen.«

Wenig später betraten sie den in einer Senke gelegenen Betriebshof, der mit seiner Fachwerkarchitektur und den sandfarbenen Fassaden einem kleinen fränkischen Dorf ähnelte. Das zentrale Gebäude, verziert mit einer Sonnenuhr, beherbergte die von Zocher erwähnte Kantine. Ein schulklassengroßer Raum, einfach und rustikal eingerichtet wie eine Schankwirtschaft auf dem Land. An den Tischen saßen Männer in Arbeitskluft mit Gummistiefeln, eine Gruppe Frauen, die aussahen, als gehörten sie zur Verwaltung, und ein Mann in weißer Kleidung. In ihm erkannte Keller den Veterinär wieder, der am Abend der Tragödie dabei gewesen war. Einige drehten sich um, nachdem Direktor Zocher eingetreten war, andere aßen hingegen ungerührt weiter.

Zocher stellte sich in die Mitte des Raums und erhob seine voluminöse Stimme: »Ich muss Sie kurz in Ihrer Pause stören. Dies hier ist Hauptkommissar Keller von der Nürnberger Kripo. Er ist noch einmal wegen unserer Eisbären hier.«

Bei diesem Stichwort schauten auch diejenigen auf, die bis eben desinteressiert gewirkt hatten.

»Es geht um die Stunden vor dem Ausbruch«, fuhr Zocher fort. »Wenn jemand eine Beobachtung gemacht hat, die bisher nicht zu mir oder zur Polizei durchgedrungen ist, bitte ich das jetzt nachzuholen.«

»Egal, wie unwichtig Ihnen diese Beobachtung erscheinen mag: Scheuen Sie nicht davor zurück, sie uns zu melden«, knüpfte Keller an.

Die Männer am Arbeitertisch steckten die Köpfe zusammen und tuschelten.

»Sie da drüben«, sprach Keller sie direkt an: »Können Sie etwas beitragen, meine Herren?«

Ein rotwangiger, kräftig gebauter Mann um die fünfzig sagte: »In der Zeitung steht, dass dieser Kerl, der die Schlösser geknackt hat, schon hinter Gittern sitzt. Was wollen Sie dann noch von uns wissen?«

»Ich ermittle in einem anderen Fall, der möglicherweise mit der Eisbärensache zu tun hat«, erklärte Keller. »Wenn Sie also außer demjenigen, dessen Phantombild durch die Presse ging, eine weitere Person nahe dem Gehege gesehen haben, könnte das wichtig sein.«

Noch einmal tauschten sich die Männer untereinander aus, anschließend schüttelten sie einmütig die Köpfe.

»Und die anderen?« Keller drehte sich langsam um die eigene Achse. »Haben Sie etwas bemerkt? Ist Ihnen an dem Tag jemand aufgefallen?«

Schweigen. Niemand sagte etwas. Keller kam sich vor wie ein Lehrer, der dazu aufruft, freiwillig die Hausaufgaben vorzustellen.

»Kollegen, nicht so zaghaft!«, appellierte Zocher. »Wenn wir der Polizei helfen können, ist das in unser aller Interesse. Also bitte.«

Die meisten Kantinengäste senkten die Köpfe, andere sahen ratlos in Kellers Richtung.

Keller hatte bemerkt, dass sich eine der Frauen am Tisch mit den Verwaltungsleuten mehrmals zu ihren Kolleginnen umgedreht hatte. Sie wirkte unruhig, und fast sah es so aus, als wollte sie den Arm heben, um sich zu melden. Deshalb wunderte es ihn nicht, als sie hinter ihnen herkam, kaum dass Zocher und er das Gebäude verlassen hatten.

»Irma!«, rief Zocher den Namen der Frau mit dem nussbraunen Pagenschnitt und dem Brillengestell in extravagantem Lila-Metallic. An Keller gerichtet sagte er: »Irma Schlehlein, sie organisiert bei uns die Gruppenführungen.«

»Es ist wahrscheinlich nicht wichtig«, sagte sie gleich zu Beginn. »Deshalb habe ich vor den anderen gerade auch nichts gesagt.«

»Umso erfreulicher, dass Sie jetzt mit mir sprechen.« Keller lächelte sie aufmunternd an. »Jede noch so kleine Information könnte die entscheidende sein.«

»Na schön, also – ich habe da tatsächlich jemanden gesehen, und es kam mir auch gleich seltsam vor. Wenn sich jemand mehr für den Zugang zum Versorgungsgang interessiert als für die Tiere im Gehege, ist das doch merkwürdig, oder?«

»Da haben Sie recht«, sagte Keller. »Ich gehe davon aus, dass es sich nicht um den Mann vom Phantombild handelt?«

»Nein«, bestätigte Irma Schlehlein. »Weil die Zeitung aber immer nur über diesen einen Verdächtigen berichtete, sagte ich mir, dass ich mich wohl getäuscht haben muss und meine Beobachtung nicht wichtig war.«

Keller zog einen der Flyer von »Free Zoo Animals« aus seiner Jackentasche, auf dem ein kleines Porträt von Frederik Zink aufgedruckt war. »Ist es der, den Sie gesehen haben?«

Irma Schlehlein warf einen kurzen Blick auf das Bild. »Nein, kein Mann. Ich spreche von einer Frau – und ich glaube sogar, dass ich sie kenne.«

Keller hob die Brauen. »Wie darf ich das verstehen?«

»Ich könnte es nicht beschwören. Also bitte nageln Sie mich nicht darauf fest«, sagte Irma Schlehlein unsicher. »Die Frau stand bestimmt zwanzig Meter von mir entfernt, als ich mit meiner Gruppe an ihr vorbeiging. Trotzdem meine ich, dass sie es gewesen sein muss. Ich kannte ihr Foto ja aus der Presse. Da wird sie immer mal wieder gezeigt, bei

Bällen, Ausstellungseröffnungen und anderen gesellschaftlichen Anlässen.«

Keller ahnte, um wen es sich handelte – und es überraschte ihn wenig.

18

--- Montag, 3. April 2000, 10:00 Uhr ---

Pünktlich zur heutigen Lagebesprechung, die für zehn Uhr angesetzt war, traf Keller im Präsidium ein, und Tabea war gespannt, was für Neuigkeiten er mitbrachte. Sie wusste ja, dass für ihn der Fall mit dem Tod von Said nicht abgeschlossen war und er weitersuchen würde, bis auch die letzte Ungewissheit ausgeräumt wäre. Und sie war sich ziemlich sicher, dass er ihnen wahrscheinlich gleich einen neuen Ansatz präsentieren würde. Doch das, was er jetzt vor den versammelten SoKo-Mitgliedern verkündete, verschlug ihr die Sprache.

»Mareile Eberlein ist im Tiergarten gesehen worden«, sagte er mit ernster Miene. »Am Tag der Eisbärentragödie nahe dem Gehege. Wegen ihres Anspruchs auf die hohe Versicherungspolice rückt sie damit erneut in unseren Fokus.«

Aus Tabeas Gesichtsausdruck sprach Unverständnis: »Aber ein solches Verhalten wäre doch total unlogisch. Wie soll das nun wieder zu unserem Fall passen?«

»Es ist mir anfangs auch schleierhaft gewesen. Deshalb habe ich mir selbst einige Fragen gestellt.« Keller positionierte sich vor der Wand mit den Namen und Fotos der am Fall Beteiligten. »Welche Taktik verfolgte Mareile Eberlein? Fingierte sie die Sache im Tiergarten und den

Aufzugsdefekt, um ihren Mann zu töten und die Lebensversicherung zu kassieren? Suchte und fand sie in Said einen Sündenbock, dem sie die Schuld am tödlichen Attentat an Markus Eberlein in die Schuhe schieben konnte? Entledigte sie sich des lästig gewordenen Erfüllungsgehilfen, indem sie eine Bedrohungssituation inszenierte und ihn durch eine Polizeikugel töten ließ?«

Tabea fuhr erschrocken zusammen. Was für eine furchtbare Vorstellung, dass sie sich womöglich von einer Mörderin hatte instrumentalisieren lassen.

Keller merkte ihr die Anspannung an und schob rasch nach: »Bisher ist das blanke Spekulation. Vor allem, weil ich es nach wie vor für eine sehr verrückte Idee halte, dass jemand allen Ernstes Bären als Mordwerkzeuge eingesetzt und damit unkalkulierbare Kollateralschäden in Kauf genommen haben soll. Doch spielen wir diese Möglichkeit einmal durch: Wenn meine These zuträfe, spräche das nicht nur für eine hohe kriminelle Energie, sondern auch für ein ausgeprägtes Organisationstalent. Wir müssen uns fragen, ob wir das Mareile Eberlein zutrauen.«

Heinz, der wie Keller Hauptkommissar und dicht vor der Pensionierung war, schüttelte missbilligend den Kopf. »Nichts für ungut, Konrad. Doch deine neue Geschichte überzeugt mich nicht. Zugegeben: Diese Frau hat ein Motiv, ein millionenschweres sogar. Doch die beiden Todesfälle derart perfekt zu organisieren und zeitlich abzustimmen, halte ich für unmöglich.« Er blätterte in einer vor ihm liegenden Akte. »Deine Theorie wirft auch neue Fragen auf. Zum Beispiel die, warum Mareile Eberlein Spendenzahlungen an Zinks Tierschutzgruppe geleistet hat. Soll dieser Zink etwa auch Beteiligter in deinem Mordkomplott gewesen sein?«

Tabea sah Keller erwartungsvoll an, doch statt auf den Einwurf von Heinz einzugehen, verteilte Keller Aufgaben an das Team. Die einen sollten weiter an Fahrer Said arbeiten, dessen Persönlichkeit und Umfeld durchleuchten und prüfen, welche Anhaltspunkte die Durchsuchung seiner Wohnung erbracht hatten. Andere sollten sich zum wiederholten Mal Tierschützer Zink vornehmen und Verbindungen zum Haus Eberlein prüfen, und das, obwohl er Alibis für die Tatzeiten vorweisen konnte, wie inzwischen bekannt war. Schließlich rief Keller Tabea auf.

»Wir beide nehmen die Witwe ins Kreuzverhör«, sagte er an sie gerichtet. »Und zwar hier im Präsidium, nicht im Schickimicki-Ambiente ihrer Villa.«

Mareile Eberlein erschien eine knappe Stunde später im Präsidium. Tabea holte sie an der Pförtnerloge ab und begleitete sie in eines der Verhörzimmer im ersten Stock. Die Witwe trug ein dezentes, aber sicherlich teures Kostüm und hatte noch die Zeit gefunden, sich zu schminken, bevor sie in die Stadt gefahren war. Auch ihre Haare saßen tadellos.

»Bitte, nehmen Sie Platz«, sagte Tabea. »Der Hauptkommissar kommt gleich. Möchten Sie etwas trinken? Ein Mineralwasser?«

Mareile Eberlein zog mit leichtem Widerwillen den Stuhl zurück und setzte sich. Anschließend legte sie die Hände auf den Tisch und faltete sie. Sie nickte in Richtung eines in der Tischmitte angebrachten Mikrofons. »Nehmen Sie unser Gespräch auf?«

Tabea erklärte ihr, dass es wegen des gestrigen Vorfalls und auch in Bezug auf den Tod ihres Mannes noch Klärungsbedarf gebe und der Kollege sie ja sicher bereits vorgewarnt habe, dass ihre Aussage fürs Protokoll festgehalten werden müsse. »Aber das hier ist kein Verhör, sondern eine Befragung. Wir brauchen das Mikro nicht.«

Mareile Eberlein zog einen Mundwinkeln nach oben. »Dann hätten wir uns ja auch in einem etwas freundlicheren Umfeld treffen können. Zum Beispiel beim Bäcker nebenan.«

»Sie hätten als prominente Persönlichkeit sicher kein Interesse daran, an einem öffentlichen Ort von der Polizei befragt zu werden, oder?«, konterte Tabea.

Keller betrat den Raum, reichte ihr die Hand und setzte sich ihr gegenüber zu Tabea.

»Sehr freundlich, dass Sie unserer Einladung so schnell gefolgt sind«, sagte er mit unverbindlichem Blick.

»Eine Einladung durch die Polizei schlägt man nicht aus, oder?«, antwortete Mareile Eberlein mit einem schwachen Lächeln. Trotz der akkurat aufgetragenen Schminkschicht sah man ihr an, dass sie schlecht geschlafen hatte.

Keller schlug seinen Block auf, blätterte darin herum und sagte: »Es gibt ein paar Punkte, die wir klären müssen.« Nun sah er zu ihr auf. »Der Name Zink sagt Ihnen etwas?«

»Zink ...« Sie hob die linke Braue. »Meinen Sie Frederik? Frederik Zink?«

»Den Leiter der Vereinigung ›Free Zoo Animals‹«, präzisierte Tabea. »Dieser Name ist Ihnen also ein Begriff?«

»Ja, ist er. Allerdings verstehe ich nicht, weshalb Sie mich nach ihm fragen.«

»Weil sein Name im Zusammenhang mit dem Fall immer wieder auftaucht«, antwortete Keller.

»Mit welchem Fall genau?«, fragte Mareile Eberlein. »Mit dem Tod meines Mannes ja wohl nicht.«

»Oh doch«, widersprach Keller. »Zinks Gruppe demonstriert gegen die Zoohaltung von Eisbären, die Ihnen und

Ihrer Festgesellschaft kürzlich gefährlich nahe gekommen sind. Aber außerdem befindet sich der Sitz von Zinks Verein in einem Gebäude, das durch die Firma Ihres Mannes demnächst hätte luxussaniert werden sollen, weshalb sich Zink über kurz oder lang ein neues Quartier hätte suchen müssen.«

»Was für ein Glück für Zink, dass Sie ihn und seine Gruppierung so großzügig unterstützten«, merkte Tabea an und beobachtete dabei genau die Reaktion. »Wir wissen von Ihren Spenden an ›Free Zoo Animals‹.«

Doch Mareile Eberlein sah nicht so aus, als fühlte sie sich ertappt. »Ich verstehe noch immer nicht, was Sie von mir wollen. Es ist nicht verboten zu spenden, oder?«

»Erklären Sie uns das«, fasste Keller nach. »Weshalb geben Sie Ihr Geld ausgerechnet an diesen Verein?«

»Weil er gute Arbeit leistet«, antwortete sie gelassen. »Die Leute um Frederik Zink meinen ihre Sache ernst und engagieren sich. Sie halten nicht nur Sonntagsreden, sondern tun etwas.«

»Geht der Einsatz so weit, Tiere aus ihren Käfigen zu befreien?«, wollte Tabea wissen.

Weil Mareile Eberlein nicht antwortete, schob Keller nach: »Sie sind dabei beobachtet worden, wie Sie sich auffällig lang in der Nähe des Eisbärengeheges aufgehalten haben. Einer Tiergartenmitarbeiterin kam das verdächtig vor. Sie hatte den Eindruck, dass Sie sich weniger für die Tiere als für die Sperrvorrichtungen interessierten. Ausgerechnet am Nachmittag vor dem Aufbruch der Schlösser.«

Mareile Eberlein schnappte nach Luft. »Moment einmal. Was soll das hier werden? Von wegen harmlose Befragung! Brauche ich doch meinen Anwalt? Er ist vorgewarnt und steht bereit. Ich bräuchte ihn nur kurz anzurufen.«

»Sie brauchen keinen Rechtsbeistand. Nicht, wenn Sie uns eine schlüssige Erklärung liefern können«, gab Tabea zurück. »Weshalb haben Sie das Gehege ausgespäht?«

Mareile blitzte sie an. »Weil Tierschutz für mich eine echte Herzensangelegenheit ist. Geld geben kann jeder, aber ich wollte mehr tun, um zu unterstützen. Ich sollte die nicht artgerechte Haltung dokumentieren. Mir ein Bild vom Gehege machen, möglichst auch hinter den Kulissen. Mein Auftrag lautete, heimlich Fotos zu schießen, um Missstände zusammenzutragen. Frederik sammelt solches Material und hat vor, es zusammen mit den Informationen anderer Aktivisten zu veröffentlichen.«

»Klingt plausibel – doch weshalb sind Sie in Tarnung im Tiergarten erschienen?«, fragte Tabea.

»Tarnung?« Mareile Eberlein musste lachen. »Wenn Sie eine große Sonnenbrille und einen Hut mit Krempe so nennen wollen, meinetwegen. Ich wollte vermeiden, dass ich jemandem auffalle. Denn Markus musste nicht unbedingt erfahren, dass ich mich für ›Free Zoo Animals‹ einsetze. Er hätte gesagt, das ist schlecht fürs Renommee, und fürs Geschäft sowieso.«

Wie viele Geheimnisse sie wohl noch vor ihrem Mann gehabt hatte, überlegte Tabea: erst der Liebhaber, nun die verschleierte Unterstützung einer radikalen Tierschutzgruppe. Viele Gemeinsamkeiten hatte es zwischen den Ehepartnern offensichtlich nicht gegeben.

»Haben Sie noch Fragen?« Die Witwe erweckte nicht den Eindruck, als würde sie sich gern länger als nötig in dem Verhörraum aufhalten.

»Ja, eine Frage hätte ich tatsächlich noch«, sagte Keller. »Es gibt Gerüchte, nach denen die Firma Eberlein finanziell weit weniger gut dasteht als allgemein angenommen.

Sind das üble Nachreden von Neidern, oder ist etwas dran an dem Gerede?«

Mareile Eberlein richtete sich in ihrem Stuhl kerzengerade auf. »Das, Herr Hauptkommissar, geht nun wirklich zu weit! Ich denke nicht, dass Sie befugt sind, mir derartige Fragen zu stellen, denn dabei geht es um Geschäftsgeheimnisse.« Sie stand auf. »Wenn wir dann fertig sind, möchte ich gehen. Ich halte es wirklich für das Beste, meinen Anwalt hinzuziehen, falls Sie mich noch einmal hierherzitieren wollen.«

Von der Dankbarkeit, dass sie ihr das Leben gerettet hatten, war nicht viel geblieben, stellte Tabea fest und verfolgte, wie sie mit wütenden Stöckelschritten zur Tür ging.

»Ach ja«, sagte sie, als sie sich noch einmal umdrehte. »Damit Sie das wissen: Sollte es – rein theoretisch – zutreffen, was Sie behaupten, könnte ich das Erbe immer noch ausschlagen. Für mein persönliches Auskommen hat mein Mann ja gesorgt.« Hocherhobenen Hauptes verließ sie den Raum.

»Moment, ich muss Sie bis zum Ausgang begleiten!«, rief Tabea und eilte ihr nach.

Als sie zurückkehrte, fand sie Keller vor einem aufgeschlagenen Gesetzbuch wieder. Er fuhr mit dem Zeigefinger über eine Seite und las laut vor: »Für sämtliche während der Ehe begründeten Verbindlichkeiten und Schulden haftet nur der Ehepartner, der die Verbindlichkeiten eingegangen ist. Für geerbte Schulden muss demnach bei der Zugewinngemeinschaft nur derjenige Ehepartner aufkommen, der die Erbschaft angetreten hat.«

»Dafür bleiben ihr die Millionen aus der Versicherung«, sagte Tabea. »So oder so: Mareile Eberlein ist fein raus.«

19

--- Montag, 3. April 2000, 14:20 Uhr ---

Wenn Keller zum Polizeipräsidenten bestellt wurde, hieß das meistens nichts Gutes. Daher überraschte es ihn nicht, als ihn sein oberster Dienstherr nach kurzer, schnörkelloser Begrüßung nach allen Regeln der Kunst zusammenfaltete. Was denn da für ein Chaos herrsche in der SoKo Eberlein, fragte der Präsident, den Keller nur in seiner tadellos sitzenden Uniform mit doppeltem goldenen Eichenlaub und Sternen kannte und der ihn um Kopflänge überragte. Der Staatsanwalt werde allmählich ungeduldig, und auch die Presse scharre mit den Hufen.

»Wir müssen der Öffentlichkeit einen Schuldigen präsentieren«, forderte er. »Wir müssen liefern.«

Liefern – was für eine unpassende Floskel für eine Mordermittlung. Keller hätte am liebsten laut widersprochen, doch das war hier nicht angebracht und hätte nur Ärger bedeutet. Daher hielt er sich zurück, hörte weiter zu und ließ dabei das Amtszimmer des Präsidenten auf sich wirken, das mit all seinen Urkunden, Wimpeln und klotzigen Möbeln das Gegenteil von Bescheidenheit darstellte. Unübersehbar hingen an der Wand hinterm Schreibtisch zwei große, holzgerahmte Fotos, die den Präsidenten händeschüttelnd mit dem bayerischen Innenminister und neben dem Ministerpräsidenten abbildeten.

»Schauen Sie auf die zügigen Ermittlungsarbeiten der SoKo Eisbären: Binnen weniger Tage hatten wir unseren Tatverdächtigen. Beispielhafte Arbeit, von der Sie sich eine Scheibe abschneiden könnten.«

Ja, ein Erfolg dank Tabeas tatkräftiger Unterstützung, dachte sich Keller und mahlte mit den Zähnen.

»Bestellt und geliefert. So wünsche ich mir das.« Nun zeigte der Präsident so etwas wie ein Lächeln. »Ich weiß, dass Sie sehr gründlich arbeiten. Doch ein Zuviel an Gründlichkeit kann dem Ermittlungserfolg im Wege stehen. Ist es denn wirklich so schwer, diesem Said die Manipulation am Baustellenaufzug nachzuweisen? Ich würde gern bald mit einer klaren Botschaft an die Öffentlichkeit gehen.«

»Tut mir leid, ich muss Sie um etwas Geduld bitten«, sagte Keller. »Meine Leute sind dran, können aber bisher nicht den Beweis erbringen, dass der Chauffeur für den möglichen Anschlag auf der Baustelle verantwortlich gewesen ist.«

»Dann sehen Sie zu, dass Sie diesen Beweis heranschaffen«, beharrte der Präsident. »Die Motivlage scheint mir jedenfalls eindeutig. Das sieht auch der Staatsanwalt so. Ich verstehe nicht, warum Sie sich so schwer damit tun.«

»Wir machen, was wir können«, versicherte Keller.

Doch sein Gegenüber war noch nicht fertig. »Muss es übrigens sein, dass Sie Eberleins Witwe weiter behelligen? Ich habe gehört, Sie haben sie heute einbestellt?«

»Das trifft zu«, antwortete Keller. »Von Behelligen kann keine Rede sein. Wir haben Frau Eberlein befragt, um einige offene Punkte fürs Protokoll zu klären. So sehen es die üblichen Abläufe vor.«

Der Präsident spitzte die Lippen. »Tun Sie mir einen Gefallen, mein lieber Keller. Wenn nichts gegen diese Frau vorliegt, lassen Sie sie bitte in Ruhe. Mareile Eberlein hat weiß Gott genug mitgemacht in den letzten Tagen. Ich kannte ihren Mann gut, und auch sie selbst ist mir vertraut. Eine empfindsame Person, die man in ihrer Trauer nicht unnötig stören sollte.«

Ob der Präsident mit einer namenlosen Witwe aus dem »einfachen Volk« ebenso fürsorglich verfahren wäre?, fragte sich Keller zweifelnd im Hinausgehen.

Ihre späte Mittagspause verbrachte Tabea bei einem Stück Marmorkuchen und einer Tasse Tee in der Kantine, wo sie sich neben Sandrina, eine Kollegin der KTU, setzte. Sie waren etwa im gleichen Alter und hatten schon gemeinsam an Schießübungen und an einem Kampfsportkurs teilgenommen. Sandrina lieferte der SoKo Eberlein zu und hatte den Antrieb des Baustellenlifts unter die Lupe genommen.

Nachdem sich die beiden oberflächlich über persönliche Dinge ausgetauscht hatten, fragte Tabea nach dem Stand der Untersuchungen.

»Der Maschinenraum befindet sich auf dem Dach des Rohbaus gleich neben dem Fahrstuhlschacht. Na ja, der Begriff trifft es nicht ganz. Es ist eher ein Maschinenschrank. Darin steckt die ganze Technik. Viel Mechanik, aber so gut wie keine Elektronik, wie man es von modernen Anlagen kennt. Der einzige Weg, die Absturzsicherung zu umgehen, besteht darin, sie von Hand außer Betrieb zu setzen.«

»Wie lange bräuchte man ungefähr dafür?«, wollte Tabea wissen und stocherte mit der Gabel im Kuchen, der in trockene Brösel zerfiel.

»Nicht lang. Es sind nur ein paar Griffe. Für jemanden, der sich auskennt, bloß ein paar Sekunden.«

»Und dieser Maschinenkasten befindet sich direkt neben der Kabine, sagtest du?«

»Ja, unmittelbar daneben.«

»War der Maschinenschrank abschließbar?«

»Es lag ein Vorhängeschloss neben der Tür«, antwortete Sandrina.

»Geknackt?«

»Nein, geöffnet. Ich nehme an, es wurde nicht wirklich benutzt. Ohne Schloss kommt man schneller an den Motor, um Schmiermittel nachzufüllen oder sonstige Wartungen vorzunehmen. So was erlebt man oft auf dem Bau: Schlösser werden nur pro forma angehängt, aber nicht verriegelt.«

»Dann wäre es für jeden, der sich in der Nähe aufhielt, ein Leichtes gewesen, die Absturzsicherung binnen kürzester Zeit auszuschalten«, folgerte Tabea.

»Ja. Wie gesagt, das geht ruckzuck, vorausgesetzt, man kennt sich aus und weiß, wo man hinfassen muss.«

Ob Said dazu in der Lage gewesen wäre? Die Gelegenheit hätte er zumindest gehabt, überlegte Tabea. Dass er sich am Maschinenschrank zu schaffen gemacht hatte, konnte bislang jedoch niemand bezeugen. Außerdem fehlten seine Fingerabdrücke. Und um ihn selbst zu verhören, war es zu spät.

Das Team war ausgeflogen, und so stand Konrad Keller allein vor der Tafel mit den Bildern und Namen im Besprechungsraum, deren Zuordnung ihm von Stunde zu Stunde schwerer fiel. Das große Problem bestand darin, dass die Faktenlage zu wenig hergab. Kellers Team verfügte zwar über diverse Untersuchungsergebnisse, es gab Zeugenaussagen und sogar Verdächtige. Trotzdem passte vieles nicht zusammen.

Welche Rolle nahm Frederik Zink ein? Dass er seine Zelte ausgerechnet in einem Eberlein-Gebäude aufgeschlagen hatte und von der Witwe unterstützt wurde, konnte doch kein Zufall sein! War es möglich, dass sich Mareile Eberlein ähnlich wie Said auch ihn gefügig gemacht hatte? Aber weshalb? Welchen Nutzen könnte sie daraus ziehen? Keller verfolgte diesen Ansatz nicht weiter, denn er führte zu nichts. Was blieb, war das Offensichtliche: Es gab ein potenzielles Mordopfer und einen – ebenfalls toten – potenziellen Täter mit Motiv.

Sicher: Würde Keller nach den Vorgaben des Polizeipräsidenten handeln und sich von nun an ganz auf Said fokussieren, würde es ihm unter Umständen gelingen, einen überzeugenden Ablauf darzustellen. Schließlich konnte sich Said nicht mehr wehren, und man könnte sich einen langwierigen Prozess ersparen. Aber alles in Keller sträubte sich dagegen, diesen einfachen Weg zu gehen. Nicht nur, weil sein Gefühl ihm sagte, dass etwas nicht in Ordnung war, sondern weil es seiner Meinung nach an allen Ecken und Enden für eine saubere Beweisführung fehlte.

Während er all das dachte, glitten seine Blicke unentwegt über die Tafel.

20

--- Dienstag, 4. April 2000, 10:00 Uhr ---

Tabea hatte den Dienst heute etwas später angetreten, weil sie den schönen Morgen für ihren Sport nutzen wollte. Kaum dass ihr Freund aus dem Haus war, hatte sie sich endlich mal wieder ihre Skates angeschnallt und einige Runden gedreht. Es tat unheimlich gut, sich die milde Morgenluft um die Nase wehen zu lassen, während Häuserzeilen, Bäume und Menschen an ihr vorbeiglitten wie in einem Film.

Entsprechend frisch und munter konnte sie sich ihrem ersten Auftrag widmen, den Keller ihr per SMS auf ihr Handy geschickt hatte: Tabea sollte, noch bevor sie zum Präsidium käme, Frederik Zink einen weiteren Besuch abstatten. Konkret ging es diesmal darum, sein Verhältnis zu Mareile Eberlein zu hinterfragen.

Da Zink offiziell nicht zu den Tatverdächtigen zählte, ja nicht einmal ein sogenannter Anfangsverdacht gegen ihn bestand, hatte Tabea keinerlei Handhabe gegen ihn. Erschwerend kam hinzu, dass sie mangels Personals allein war. Eine solche Situation sollte nach den schlechten Erfahrungen der jüngsten Zeit ja eigentlich nicht wieder entstehen.

Außerdem, so dachte sie, während sie das schäbige Treppenhaus des Gostenhofer Eckhauses betrat, war sie absolut nicht sicher, dass Kellers Auftrag mit dem Staatsanwalt, geschweige denn mit dem Präsi abgestimmt war. Sollten sie sich nicht eigentlich auf Said konzentrieren? Das wäre ja auch in ihrem ureigenen Interesse. Zwar gab es mit Keller und Frau Eberlein Zeugen des Vorfalls, doch auf die Witwe wollte sie sich lieber nicht verlassen, und Kellers Ansehen bei den Vorgesetzten schien ihr zurzeit nicht gerade hoch zu sein. Nur wenn die Beweislage gegen Said wasserdicht war, würde ihr das Scherereien mit den internen Ermittlern ersparen und ihren tödlichen Schuss aus der Dienstwaffe legitimieren.

Zink öffnete und sah sie mit einem Ausdruck an, der unmissverständlich zeigte, was er von ihrem unangekündigten Erscheinen hielt. Widerstrebend musterte er die Polizeimarke in ihrer Hand. Trotzdem ließ er Tabea ein und führte sie zu einem Tisch, auf dem eine Kanne einen angenehmen Duft nach Tee verbreitete.

»Ich habe mir gerade eingegossen«, sagte Zink, der ein weit fallendes, graues Sweatshirt über seinen Jeans trug. »Möchten Sie auch?«

Tabea nahm das Angebot gern an, weil sie darauf spekulierte, dass das den Gesprächseinstieg erleichtern würde. Auch sonst standen ihre Chancen gut, da sich heute Morgen offenbar keine von Zinks Anhängerinnen in der Wohnung aufhielt. Es konnte also niemand dazwischenfunken, wenn sie ihn befragen würde.

»In letzter Zeit geben sich bei mir die Bullen die Klinke in die Hand, und immer wieder werde ich nach Alibis gefragt, als wäre ich ein Schwerverbrecher. Ich hoffe, Sie kommen nicht aus demselben Grund.« Er hob die Teekanne vom Stövchen. »Was führt Sie zu mir?«, fragte er, während er ihr eingoss. Dabei musterte er sie mit einer Neugierde, die über das Berufliche hinausging.

Tabea war das etwas suspekt, andererseits könnte es ihr in die Hände spielen, wenn er ihr gegenüber die Vorbehalte ablegen würde.

»Ich will ganz offen sein. Uns beschäftigt nach wie vor Ihre Verbindung zur Familie Eberlein. Dass Sie Mieter in einer Eberlein-Immobilie sind …«

»… ist nicht strafbar«, vollendete Zink den Satz.

»Und dass Sie Mareile Eberlein für Ihre Tierschutzkampagnen einspannen und ihr Geld nehmen …«

»… ist es ebenso wenig.«

Tabea nickte. »Trotzdem werden Sie vielleicht verstehen, dass wir diese Verknüpfungen nicht einfach ignorieren können.« Sie lächelte. »Sagen Sie mir bitte, was Sie am vergangenen Freitag in den Morgenstunden unternommen haben und ob dies jemand bezeugen kann.«

»Wie ich es befürchtet habe«, gab Zink mit resigniertem Achselzucken von sich. »Wieder die ewige Frage nach dem Alibi. Dabei haben mich damit schon Ihre Kollegen gelöchert und mir bei der Gelegenheit meine Fingerabdrücke abgenommen. Ist das rechtlich überhaupt zulässig? Gegen mich wurde ja nie ein offizieller Verdacht ausgesprochen. So viel zum Thema Schutz der Bürgerrechte.«

»Ich will Sie gar nicht unter Druck setzen, sondern appelliere ganz einfach an Ihren guten Willen.«

Zink sah sie zunächst ungläubig an, fing aber ihr Lächeln auf und entspannte sich wieder. »Es geht noch immer um den Tag, an dem Herr Eberlein gestorben ist, richtig?« Er kratzte sich am Kopf. »Wenn ich das recht in Erinnerung habe, waren wir an dem Vormittag zu fünft. Ein Arbeitsfrühstück hier bei mir. Wir haben uns neue Motive und Slogans für unsere Plakate ausgedacht, mit denen wir nachmittags vorm Tiergarten aufgelaufen sind. Wenn Sie wollen, schreibe ich Ihnen noch mal die Namen meiner Mitstreiterinnen auf, obwohl die längst bei Ihnen im Präsidium vorliegen müssten.«

»Ja, das stimmt. Allerdings ...«

»Allerdings?«

Tabea neigte den Kopf. »Ich bin mir sicher, dass diese Frauen für Sie bürgen würden, selbst wenn Sie nicht wirklich hier gewesen sind.«

»Das ist aber eine böse Unterstellung«, entgegnete Zink, ohne dass es ihn wirklich aus der Ruhe brachte.

Er stand auf, ging zu einer Kommode und kam mit einem Prospekt zurück. »Bitte sehr«, sagte er und schob ihn Tabea zu. »Unser neuestes Erzeugnis, frisch aus der Druckerei. Die ganze tragische Wahrheit über Wildtierhaltung in Zoos. Dank Mareile Eberlein konnten wir es in großer Auflage drucken lassen. Lesen Sie es sich durch und denken Sie mal darüber nach, ob Sie sich uns nicht anschließen möchten.«

Tabea sah erst auf den Prospekt und hob dann den Blick, um Frederik Zink in die Augen zu sehen. Sie las daraus Selbstsicherheit, Entschiedenheit, aber auch den Hang zum Übermut.

Welche Ziele mochte dieser Mann wirklich verfolgen? Machte er sich unter dem Deckmantel des Tierschutzaktivisten an Mareile Eberlein heran, weil er auf eine gute Partie hoffte? Zumal jetzt, da ihr Mann gestorben und sie wieder frei war? Oder ging es ihm wirklich um die Freiheit von Eisbären und Co?

Tabea wusste es nicht. Grübelnd schlürfte sie ihren Tee.

Heinz, der dienstälteste Ermittler in der SoKo und als Pedant verschrien, hatte sich auf Drängen Kellers die Mühe gemacht, die Ergebnisse der kriminaltechnischen Untersuchungen aus dem Tiergarten, von der Baustelle sowie aus der Scheune, also von allen drei Tatorten, zusammenzutragen, auszuwerten und zu deuten. Im Sitzungszimmer stellte er nun das ernüchternde Ergebnis vor: Spuren in Form von Haaren, Hautpartikeln oder Fasern gab es reichlich, doch ergaben sich keine Übereinstimmungen, mit denen sich jemand überführen ließe. So konnten von Mareile Eberlein weder Spuren an den Schließanlagen des Eisbärengeheges noch im Maschinenraum des Baustellenaufzugs festgestellt werden. Auch Saids Anwesenheit ließ sich an keiner dieser beiden Stellen nachweisen, ebenso wenig die von Frederik Zink, der inzwischen ja ebenfalls erkennungsdienstlich erfasst worden war, um Vergleichsproben zu erhalten. Letzterer zählte zu den undurchsichtigsten Figuren in diesem Gefüge sehr unterschiedlicher Menschen. Jemand, der sich nicht in die Karten blicken ließ, egal, wie oft man es auch versuchte.

Konrad Keller lief im Kreis und wiederholte immer wieder: »Das kann doch alles gar nicht sein.«

»Doch«, beharrte Heinz stoisch auf seinen Ergebnissen. »Ich habe es mehrmals überprüft. Da beißt die Maus keinen Faden ab.«

»Und wenn der Täter oder die Täterin Handschuhe trug?«, warf Tabea ein, die gerade eingetroffen war und sich einen Platz in der Runde suchte.

»Dann wäre zumindest ein Haar am Tatort liegen geblieben«, gab Keller etwas bissig zurück. »Jeder Mensch hinterlässt irgendeine Spur, es sei denn, er ist in einem Ganzkörperschutzanzug unterwegs und trägt Maske, aber das wäre sowohl im Tiergarten als auch auf der Baustelle aufgefallen.«

»Apropos Tiergarten: Die Spurenlage im Zoo ist alles in allem genauso unbefriedigend«, ergänzte Heinz. »Da haben nach der Tat etliche Leute an die Schlösser und Gitterstäbe gefasst, gefühlt das halbe Zoopersonal. Entsprechend schlecht sieht es auch mit Fußabdrücken aus: ein einziges Durcheinander, keine klaren Profile, nicht einmal die des Untersuchungshäftlings.«

»Mit anderen Worten: Erkennungsdienstlich stehen wir mit leeren Händen da«, fasste Keller schlecht gelaunt zusammen.

Das wollte Heinz nun doch nicht auf sich sitzen lassen: »Ganz so ist es nicht. Auf der Baustelle haben die Kollegen am Antrieb und an der Mechanik des Lifts Fingerabdrücke gefunden, die inzwischen zwei Arbeitern zugeordnet werden konnten. Das bringt uns allerdings wenig: Beide konnten nachweisen, dass sie am Tag des Unglücks nicht vor Ort gewesen sind. Sonst fanden sich nur noch Abdrücke des Verstorbenen selbst.«

»Von Markus Eberlein?«, wunderte sich Keller und horchte auf. »Was hatte der denn an dem Motor zu schaffen?«

»Immerhin war er der Boss«, meinte Tabea. »Vielleicht wollte er mal nach dem Rechten sehen.«

»Hätte er das mal am Tag seines Todes getan. Dann wäre er vielleicht noch unter uns«, warf Heinz ein.

Die Runde löste sich rasch auf, und Keller entführte Tabea in die Kaffeeküche, wo er sich von ihrem Besuch bei Frederik Zink berichten ließ.

Nachdem er aufmerksam zugehört hatte, holte er tief Luft und blies sie geräuschvoll aus. »Ich komme mir so vor, als würden uns alle an der Nase herumführen. So etwas ist mir noch nicht untergekommen.«

Tabea sah ihn unschlüssig an. »Wenn wir lange genug danach suchen, werden wir einen Zeugen finden, der Said am Aufzugsschacht beobachtet hat, oder es taucht doch noch ein Haar oder Nagelsplitter im Umfeld des Lifts auf. Vielleicht haben wir einfach nicht sorgfältig genug gesucht.«

»Du plädierst jetzt also auch für die einfache Lösung«, gab Keller mit einem Seufzen von sich.

»Denk daran, wie wir beide Said erlebt haben: rasend, unberechenbar, gefährlich. Als ich auf ihn zielte, habe ich die nackte Angst gespürt, denn in diesem Moment wusste ich, dass ich einem Mann gegenüberstehe, der zu allem fähig ist.«

»Zu allem? Auch zu Mord?«

»Auch zu Mord«, sagte Tabea mit überzeugtem Ausdruck.

21

--- Dienstag, 4. April 2000, 19:00 Uhr ---

»Was gibt es heute Feines?«, fragte Keller, kaum dass er nach der Arbeit die Wohnung betreten hatte. Weil er keine Zeit für eine Pause in der Kantine gefunden hatte, knurrte ihm der Magen.

»Heute bleibt die Küche kalt.« Helga, die statt ihrer Schürze eine lachsfarbene Bluse trug, strahlte ihn an. »Sophie liegt mir seit Tagen damit in den Ohren, dass sie Saté-Spieße im *Metropolis* probieren möchte. Ihre Freundinnen schwärmen davon. Deswegen dachte ich mir, wenn die so gut sind, sollten wir das auch mal versuchen. Sophie ist schon drüben. Wir zwei können uns ja weiter hinten hinsetzen, damit wir den Mädchen nicht zu sehr auf den Leib rücken.«

»Saté-Spieße? Klingt asiatisch«, mäkelte Keller, der sich auf eine deftige Mahlzeit gefreut hatte.

»Gegrillte Hähnchenspieße an Erdnusssauce«, erklärte Helga. »Das wird dir schmecken. Du kannst deine Jacke gleich anlassen. Dein Feierabendbier bekommst du auch im *Metropolis*, sogar frisch gezapft.«

Keller wusste ja, dass er viel zu selten mit seiner Frau ausging. Immer wieder regte sie gemeinsame Aktivitäten wie einen Opernbesuch oder den einer Ballettaufführung in der Tafelhalle an. Meistens winkte Keller ab, da er nach der Arbeit viel zu erschöpft war, um sich auf so etwas Anspruchsvolles einlassen zu können. Doch hier ging es um Essen, und das *Metropolis* lag direkt gegenüber, keine fünf Minuten zu Fuß. Diesen Wunsch würde er ihr nicht ausschlagen können. Obwohl – noch näher war das *Steakhouse*, wo er bestimmt satt werden würde ...

»Wenn ich dein Gesicht sehe, ahne ich, dass du uns wieder einen Strich durch die Rechnung machst«, gab Helga enttäuscht von sich.

»Nein, nein, es ist nur ...« Keller berichtete ihr in groben Zügen, wie frustrierend sich momentan seine Arbeit entwickelte und dass er mit dem sich abzeichnenden Abschluss des Falls ganz und gar nicht zufrieden war. »Ich habe gerade einfach nicht den Kopf frei für die schönen Dinge des Lebens.«

»Oje«, sagte Helga einfühlsam. »Ein bisschen Ablenkung wird dir guttun. Gib dir einen Ruck und begleite mich ins *Metropolis.*« Sie ging durch das Wohnzimmer, um die Balkontür zu schließen.

Keller folgte ihr und wurde dabei auf einige Scherben aufmerksam, die sich über die Bodenfliesen des Balkons verteilten. »Was ist denn hier passiert?«, fragte er.

»Ach, dafür kannst du dich bei unserer Katze bedanken«, antwortete Helga. »Sie wollte sich etwas vom Tischchen schnappen, ist draufgesprungen und hat ihn dabei umgestoßen.«

Keller sah den demolierten kleinen Tisch, dessen Platte aus einem Fliesenmosaik bestanden hatte, in der Ecke lehnen.

»Das Ganze hat auch sein Gutes«, meinte Helga verschmitzt und zeigte aufs Fensterbrett, auf das sie die bruchstückhaften Reste der Platte gelegt hatte. »Wir können sie als Untersetzer verwenden oder stecken sie als Zierde in die Blumenkästen.«

Keller nickte vergeistigt und nahm zwei der bunten Plättchen in die Hände. »Auch einzeln sind sie hübsch anzusehen – und erfüllen einen Zweck. Als Untersetzer oder Zierstücke ...«

»Ja, das sagte ich gerade.« Helga kräuselte die Stirn. »Stimmt etwas nicht? Du schaust so seltsam.«

»Ganz im Gegenteil«, sagte Keller. »Ich glaube, unsere Katze hat mir gerade einen guten Dienst erwiesen.«

»Wie denn das? Indem sie deinen Lieblingstisch kaputtgemacht hat?«

»Indem sie mir die Augen geöffnet hat!« Er fasste Helga an den Oberarmen und erklärte euphorisch: »Ich habe mich viel zu sehr darauf fokussiert, das Ganze in einen Zusammenhang bringen zu wollen. Doch in dem Versuch, alles und jeden miteinander zu verknüpfen, habe ich womöglich das Wichtigste übersehen.«

»Ich kann dir leider nicht folgen ...«

»Wie du weißt, sind verschiedene Sonderkommissionen eingesetzt worden, um unabhängig voneinander die Tat im Zoo und die auf der Baustelle zu untersuchen. Lange habe ich das für einen Fehler gehalten und mich gegen diese Differenzierung gesträubt. Ein Trugschluss, wie mir jetzt scheint, ich bin einfach zu stur gewesen.« Er sah seine Frau eindringlich an.»Was, wenn das Eisbärendrama, der Fahrstuhlabsturz und Tabeas Todesschuss in der Scheune drei verschiedene Paar Schuhe sind, die unabhängig voneinander betrachtet werden müssen? So unterschiedlich und eigenständig wie diese Mosaiksteine? Dann ging es bei den Bären tatsächlich nur um die Bären und um nichts anderes. Und Eberleins Unfall müsste unabhängig von Saids Tod untersucht werden.«

Keller rief sich den Vortrag vom Kollegen Heinz in Erinnerung. Ein Detail war bei ihm besonders haften geblieben: nämlich dass am Antrieb des Baustellenlifts unter anderem Fingerabdrücke von Markus Eberlein sichergestellt werden konnten. Tabea hatte das mit der Begründung abgetan, ein Chef könnte schließlich überall herankommen, das stehe ihm zu. Doch warum sollte er?

In Kellers Kopf überschlugen sich die Gedanken: Markus Eberlein hatte das Wasser bis zum Hals gestanden, so viel schien inzwischen klar zu sein. Wäre er nicht gestorben oder hätte ihm nicht sein letzter Rettungsanker in Form des Wohnungsbauprogramms geholfen, stünde er jetzt vermutlich vorm Konkursrichter. Sehr wahrscheinlich hätte er alles verloren, seine Villa verlassen und mit seiner Frau irgendwo zur Miete wohnen müssen. Sollte der Niedergang der Firma in einen verschleppten Konkurs geführt haben, wäre Eberlein vielleicht sogar im Gefängnis gelandet.

Keller drückte Helga einen Kuss auf die Wange. »Tut mir leid, mein Schatz, aber du wirst deine Saté-Spieße ohne mich genießen müssen.« Er drängte an ihr vorbei zur Wohnungstür.

Tabea plagte das schlechte Gewissen. Irgendwie hatte sie den Eindruck, Keller in den Rücken gefallen zu sein, indem sie sich der einhelligen Meinung angeschlossen hatte, alle Schuld könnte bei Said liegen. Inzwischen wusste sie selbst nicht mehr, weshalb sie das getan hatte. Vielleicht wirklich nur, um ihre eigene Haut zu retten?

»Wo bist du bloß mit deinen Gedanken?«, fragte Udo und setzte sich neben sie auf das Sofa in ihrer Wohnung. »Wir wollten ins Kino gehen. Bleibt es dabei? Es läuft *Gladiator* mit Russell Crowe. Muss spannend sein.«

»Ein Römerfilm?« Tabea blickte ihn fragend an. Sie hatte nicht richtig zugehört. »Wir waren doch neulich erst im Kino. Können wir nicht mal was anderes machen?«

»Der Film interessiert mich wirklich sehr«, beharrte Udo auf seinem Wunsch.

»Was kommt denn sonst so?«, fragte Tabea lustlos.

»*Scary Movie* müsste auch schon angelaufen sein. Horror, aber auch irgendwie lustig.«

»Nichts fürs Herz dabei?«

»Du weißt doch, dass ich diesen Schmonzetten mit Hugh Grant und Konsorten nichts abgewinnen kann.«

Tabea winkte ab. »Ach weißt du, es ist noch so schön mild draußen. Ich denke, ich werde lieber ein bisschen skaten.«

Udo rückte von ihr ab. »Man kann es dir einfach nicht recht machen«, sagte er beleidigt.

Tabea verspürte nicht die geringste Lust, sich umstimmen zu lassen. Zu oft war sie derartige Kompromisse eingegangen, indem sie sich nach Udos Filmgeschmack gerichtet und ihre eigenen Vorlieben vernachlässigt hatte. Viel zu oft. Daher kümmerte sie sich nicht weiter um ihn, schnappte sich ihre Inlineskates und verließ ohne ein weiteres Wort die Wohnung. Bis zur Tür hatte sie ja noch damit gerechnet, dass er sie aufhalten und einen Kompromissvorschlag machen würde. Doch das tat er nicht, und Tabea konnte gut damit leben. Sehr bezeichnend für ihre Beziehung, dachte sie, während sie Schwung nahm und durch die aufziehende Dämmerung kurvte.

Keller benutzte seinen Privatwagen, einen VW Passat, um nach Erlenstegen zu kommen, denn offiziell war er ja nicht mehr im Dienst. Auf der Fahrt zur Villa überlegte er, ob sein Vorgehen richtig war. Korrekt wäre es gewesen, wenn er seinen neuen Ansatz bei der nächsten Lagebesprechung mit den anderen erörtert und daraus die nächsten Handlungsschritte abgeleitet hätte. Notfalls hätte er diese Sitzung auch vorziehen und das Team noch heute Abend zusammentrommeln können. Doch was hätte er den Kollegen vortragen sollen? Dass er eine neue Vermutung, den Tod von Markus Eberlein betreffend, verfolge, auf die ihn seine Katze gebracht hatte? Nun ja, das mit der Katze hätte er nicht erwähnen müssen, aber auch ohne diesen Aspekt war der neue Ansatz zu dünn.

Es war inzwischen zwanzig vor acht, wie ihm ein Blick auf die Armbanduhr zeigte. Keller passierte das offen stehende Tor und ließ den Wagen über den Kiesweg rollen, da klang ihm Helgas Stimme in den Ohren: »Warum rufst du sie nicht an, anstatt hinzufahren?«, hätte sie ihn gefragt, wenn er ihr noch die Zeit dafür gelassen hätte. So aber war er viel zu rasch die Stufen hinuntergelaufen und hatte ihr nicht die Gelegenheit gegeben, ihn von seinem Vorhaben abzubringen.

Keller parkte direkt vor der ausladenden Treppe des fürstlich anmutenden Portals, sammelte seine Gedanken und läutete. Lange passierte nichts. Als er dann doch Geräusche von innen hörte, rechnete er damit, dass ihm von der freundlich schüchternen Haushälterin geöffnet werden würde. Doch dann stand ihm mit einem Mal Mareile Eberlein persönlich gegenüber und sah ihn ziemlich überrascht an.

Auch wenn Tabea die Luft und die Bewegung guttaten und sie den rosaroten Himmel bezaubernd fand, wollte beim Skaten keine rechte Freude aufkommen. Sie ertappte sich nicht zum ersten Mal bei dem Wunsch, sich von Udo zu trennen. Ja, dachte sie, während ihr der Wind durchs Haar fegte, vielleicht sollte sie diesem Impuls folgen und endlich Nägel mit Köpfen machen. Am besten noch heute Abend! Denn was nutzte es, wenn sie den Kummer immer nur in sich hineinfraß, anstatt sich von der Last zu befreien. Weshalb an einer Beziehung festhalten, hinter der sie nicht mehr stand?

Je weiter sie sich von der Wohnung entfernte, desto größer wurde auch die gefühlte Distanz zu Udo. Dieser Abstand öffnete ihr die Augen und führte ihr zu Bewusstsein, dass Udo und sie im Alltag völlig inkompatibel waren. So sehr, dass sie sich mittlerweile fragte, wie sie überhaupt zusammenkommen, geschweige denn zusammenziehen konnten.

Es wäre so einfach, einen Schlussstrich zu ziehen. Einige wenige, gut gewählte Worte dürften reichen, um die Verbindung zu lösen. Und es hätte nicht einmal ein Nachspiel, denn sie waren weder verheiratet, noch hatten sie Kinder. Selbst die Wohnung lief nicht unter ihrer beider Namen, denn Tabea allein hatte den Mietvertrag abgeschlossen, Udo zahlte ihr dafür monatlich einen Abschlag. Im Grunde genommen konnte sie ihn also einfach vor die Tür setzen. Sie witterte die Freiheit, zum Greifen nahe.

Durch das Rauschen des Fahrtwindes drang ein Geräusch an ihr Ohr: ein helles Klingeln. Tabea zog eine enge Kurve und kam neben einer Straßenlaterne zum Stehen. Sie zerrte an der Antenne ihres Handys, das in ihrer Hosentasche steckte, und ging davon aus, dass sich Udo besonnen hatte und sich bei ihr dafür entschuldigen wollte, dass er so wenig auf ihre Wünsche und Bedürfnisse einging. Aber nein, er würde das natürlich ganz anders sehen und ihr die Schuld dafür geben, dass sie den gemeinsamen Kinoabend ohne vernünftigen Grund hatte platzen lassen. Sie war schon geladen, ehe er auch nur den ersten Ton von sich gegeben hatte.

Doch als sie das Gespräch entgegennahm, hörte sie die Stimme einer Frau.

»Herr Hauptkommissar«, sagte Mareile Eberlein und konnte ihre Verblüffung nicht verbergen. »Mit Ihnen hätte ich jetzt am allerwenigsten gerechnet. Schon gar nicht um diese Uhrzeit. Hat man bei der Polizei denn niemals Feierabend?«

»Ich hoffe, ich komme nicht ungelegen.« Keller setzte ein schmales Lächeln auf und musterte die Hausherrin. Offensichtlich hatte sie nicht mehr vorgehabt auszugehen, denn sie stand in einer Art weit fallendem Hausanzug aus himmelblauem Tüll vor ihm. Ihre nackten Füße steckten in silbern glänzenden Ballerinas.

Sie trat einen Schritt zur Seite, um Keller einzulassen. »Bitte sehr. Was haben Sie auf dem Herzen?«

Keller sah sich in dem Foyer um und staunte erneut über die schiere Größe. »Ist Ihre Hausangestellte heute nicht da?«

»Dem Personal habe ich freigegeben. Ich möchte im Moment möglichst keine Menschen um mich haben. Ich muss jetzt erst einmal wieder mit mir selbst klarkommen.« Sie setzte ihre Hände auf die Hüften. »Also? Was führt Sie zu mir?«

Keller suchte nach einem passenden Einstieg. »Es geht noch einmal um Ihren Mann beziehungsweise um die Umstände seines Todes.«

Mereile Eberlein sah ihn wissend an: »In der Zeitung wird spekuliert, ob Said hinter seinem Tod steckt. Das ist noch immer die Spur, der Sie folgen, ja?« Sie trat von einem

Bein auf das andere. »Nach dem, was in der Scheune passiert ist, würde es mich nicht wundern. Said muss durchgedreht sein.«

»Was wollen Sie damit andeuten? Dass Sie Ihrem Fahrer den Mord an Ihrem Mann tatsächlich zugetraut hätten?«

»Ja.« Sie nickte entschieden. »Ja, das und noch mehr. Sie haben die Glut in seinen Augen ja selbst sehen können. Inzwischen ist mir bewusst geworden, wozu dieser Mann alles fähig war. Wer weiß: Wahrscheinlich ist er es auch gewesen, der die Bären aus ihrem Gehege gelassen hat, und nicht dieser arme Kerl, den Sie dafür eingesperrt haben, oder? Völlig verrückt das Ganze.«

Keller betrachtete aufmerksam ihr makelloses Gesicht, aus dem ihm zwei smaragdgrüne Augen entgegenblickten. »Ja, die Ermittlungen laufen in dieser Richtung«, bestätigte er. »Ich verfolge allerdings einen anderen Ansatz.«

Sie stutzte. »Sie verfolgen einen anderen Ansatz? Was soll das heißen? Sie persönlich oder Ihre Sonderkommission?«

»Zunächst nur ich persönlich, denn ich bin erst heute Abend darauf gekommen«, sagte Keller ganz offen, da er auf die Aufrichtigkeit seiner Gesprächspartnerin angewiesen war.

»Ich hatte gehofft, die Unruhe würde sich allmählich legen.«

»So weit sind wir noch nicht, leider.« Keller räusperte sich. »War Ihnen an Ihrem Mann in letzter Zeit etwas aufgefallen? Hatte er sich in den Tagen und Wochen vor seinem Tod anders verhalten als sonst? Machte er vielleicht Andeutungen, die Ihnen zu denken gaben oder Sorgen in Ihnen auslösten?«

Mareile Eberleins bis eben wohlgesinnter Ausdruck wandelte sich ins Kritische. »Was wollen Sie damit andeuten?

Mein Mann hat sich völlig normal benommen, so wie immer.«

»Worauf ich hinauswill, ist meine Vermutung, dass er sich womöglich mit Suizidgedanken getragen hatte«, sagte Keller sehr ernst.

Die Witwe machte zunächst große Augen, als verstünde sie nicht, was Keller ihr mitteilen wollte. Dann lachte sie auf. »Ich bitte Sie, Herr Keller. Wie kommen Sie bloß auf solche abwegigen Gedanken? Mein Mann und Selbstmord? Ich kannte keinen lebenslustigeren Menschen als Markus.«

Abermals hustete Keller in seine Faust. »Die Eisbärensache, Saids Messerattacke und der tödliche Absturz Ihres Mannes sind meiner Meinung nach drei verschiedene Dinge. Sie hängen, wenn überhaupt, nur lose miteinander zusammen. Ich vermute, dass Ihr Mann selbst es gewesen ist, der die Absturzsicherung des Baustellenlifts deaktiviert hat – und zwar in der Absicht, sich auf diese Weise das Leben zu nehmen.«

Wieder musste Mareile Eberlein lachen. In Kellers Ohren klang es beinahe hysterisch, sodass er sich nun doch Vorwürfe machte, ohne psychologisch versierte Unterstützung hierhergekommen zu sein.

»Das ist doch vollkommener Unsinn, was Sie da von sich geben.« Sie hatte sich wieder gefangen und wirkte verärgert. »Was bringt Sie dazu, solche Behauptungen aufzustellen?«

»Nun, zunächst handelt es sich lediglich um eine Vermutung von mir«, stellte Keller richtig. »Fest steht allerdings, dass die Fingerabdrücke Ihres Mannes an der Maschine des Aufzugs sichergestellt worden sind.«

Sie schüttelte vehement den Kopf. »Und wenn schon! Nennen Sie mir einen Grund, weshalb sich mein Mann umgebracht haben sollte.«

»Wir wissen, dass die Firma Ihres Gatten kurz vor dem Konkurs stand. Wahrscheinlich hätte er sehr bald alles verloren«, sagte Keller so ruhig wie möglich.

»Durch seinen Tod hat er auch alles verloren, das macht es nicht besser, oder?«

»Für ihn nicht mehr, aber für Sie, Frau Eberlein: Dadurch, dass Ihr Mann seinen Suizid wie einen Unfall oder die Tat eines anderen hat aussehen lassen, müsste die Lebensversicherung an Sie ausgezahlt werden, da die übliche Ausschlussklausel für den Fall eines Selbstmordes nicht greift.«

»Sie meinen ...« Sie schnappte nach Luft. »Sie wollen damit sagen, dass Markus das alles geplant hat? Seinen eigenen Tod? Dann hätte er sich ja quasi für mich geopfert.«

Keller nickte stumm.

»Das glauben Sie wirklich? Und Said soll nichts damit zu tun gehabt haben?«

Erneut wünschte sich Keller sehnlichst Unterstützung herbei. Wenn er doch wenigstens Tabea mitgenommen hätte!

»Said hat sich zwar am Tattag vor Ort aufgehalten, niemand aber sah ihn in der Nähe des Maschinenraums«, erläuterte er. »Außerdem haben wir keine Fingerabdrücke von ihm gefunden. Es läuft daher alles auf einen Suizid hinaus, ich kann Ihnen das leider nicht ersparen.«

»Ich fasse es nicht«, murmelte Mareile Eberlein vor sich hin, den Blick auf den Marmorboden gerichtet.

»Wenn Sie mir also bitte meine ursprüngliche Frage beantworten mögen: Ist Ihnen am Verhalten Ihres Mannes in jüngster Zeit etwas sonderbar vorgekommen? Hat er Ihnen gegenüber gewisse Andeutungen gemacht, die vielleicht in diese Richtung zielten?«

»Wenn es stimmen sollte, was Sie behaupten, würde ich keinen Cent bekommen«, stellte sie fest, statt Kellers Frage zu beantworten. »Das ist Ihnen bewusst, oder?«

»Ja, ein Suizid wird normalerweise nicht abgedeckt, aber das müssen Sie mit Ihrer Versicherung besprechen und nicht mit mir. Es tut mir sehr leid.«

»Damit hätte ich nicht nur meinen Mann und meinen Liebhaber verloren, sondern auch noch mein Geld. Also eigentlich alles.«

Sie starrte weiter auf den Boden. Keller befürchtete, zu weit gegangen zu sein, und war drauf und dran, das Gespräch abzubrechen.

»Einen Moment, bitte.« Mareile Eberlein entfernte sich von Keller und durchschritt das Foyer in Richtung einer Anrichte neben dem geschwungenen Geländer der Treppe ins Obergeschoss. Dort öffnete sie eine Schublade und entnahm ihr etwas, das Keller nicht erkennen konnte, da ihr Rücken ihm die Sicht darauf versperrte.

Als sie zu ihm zurückkehrte, hielt sie einen Briefumschlag in der Hand, auf dem in schwarzer Tinte ihr Name geschrieben stand. »Hier«, sagte sie tonlos. »Lesen Sie, Herr Kommissar.«

Keller öffnete den Umschlag und nahm einen eng beschriebenen Brief heraus. »Was ist das?«

»Die Bestätigung für das, was Sie vermuten«, antwortete sie. »Ein Abschiedsbrief. Markus wollte, dass ich ihn vernichte. Das steht ganz unten unter P.S. Aber ich habe es nicht übers Herz gebracht.«

Keller überflog den Brief. »Also ist es wahr«, sagte er, während er las. »Ihr Mann hat seinen Tod so arrangiert, dass niemand einen Suizid vermuten konnte und Ihnen die Versicherungssumme sicher ist.«

»Markus hat mich über alles geliebt. So sehr, dass er mir sogar gelegentliche Fehltritte verzieh. Er wollte mir ein Leben ohne Geld und Status nicht zumuten.«

Keller nickte geistesabwesend, während er die letzten Zeilen studierte. Als er von dem Schreiben aufblickte, zog Mareile eine kleine silberne Pistole aus der Hosentasche und richtete sie direkt auf seine Brust.

22

--- Dienstag, 4. April 2000, 20:05 Uhr ---

Tabea hielt das Handy an ihr Ohr und fragte sich, wer die Frau war, die sie auf ihrer Mobilfunknummer anrief.

»Hallo? Störe ich gerade? Hier spricht Helga Keller.«

»Frau Keller?« Tabea wischte sich die Schweißperlen von der Stirn. Mit der Frau von Konrad hatte sie als Allerletztes gerechnet.

»Mein Mann hat Ihre Nummern in sein Adressbuch geschrieben. Weil bei Ihnen zu Hause niemand abnahm, probiere ich es jetzt auf dem Handy.«

Zu Hause nahm niemand ab? Tabea fragte sich, warum. Ob Udo allein ins Kino gegangen war?

»Es geht um Konrad«, redete Helga Keller weiter. »Er war eigentlich schon hier bei mir in der Wohnung, ist dann aber noch einmal aufgebrochen. Wegen des Falls, an dem Sie arbeiten ... Mir kam das seltsam vor. So Hals über Kopf, das ist sonst gar nicht seine Art.«

Von wegen! Tabea hatte Kellers Extratouren und Spontanaktionen oft genug miterlebt und gedeckt. Außerdem: Wenn Frau Keller das nicht passte, konnte sie ihren Mann ja anrufen und zurückpfeifen.

»Ich habe versucht, ihn zu erreichen, aber ich bekomme keine Verbindung«, erklärte Helga Keller. »Ich nehme an, dass sein Handyakku leer ist. Passiert ja ziemlich häufig.«

»Ja, leider«, pflichtete Tabea ihr bei. Mit einem Blick aufs Display sah sie, dass auch ihr Gerät nur noch einen Ladebalken anzeigte. »Möchten Sie, dass ich mich darum kümmere?«, nahm sie Helga Kellers Bitte vorweg. »Wo wollte er denn hin?«

»Zur Eberlein-Villa nach Erlenstegen«, sagte Helga Keller und hörte sich erleichtert über Tabeas Angebot an. »Er wollte sich mit Mareile Eberlein unterhalten, weil sich wohl etwas Neues ergeben hat.«

»Ach ja? Davon weiß ich nichts.«

»Die Eingebung kam ihm erst heute Abend. Fragen Sie mich nicht, worum genau es ihm dabei geht, aber er hatte es sehr eilig, das zu überprüfen.«

»Haben Sie einen Anhaltspunkt für mich?«

»Konrad hat darüber geredet, dass man die Dinge separat voneinander betrachten muss. Ich nehme an, er meint die Todesfälle.«

»Verstehe ich nicht.«

»Ich auch nicht. Das macht mich ja so unruhig.«

Auch Tabea fand Kellers Verhalten zumindest merkwürdig. »Passen Sie auf, Frau Keller: Ich mache gerade Sport, bin aber gleich zurück und springe unter die Dusche. Wenn Konrad bis dahin nicht da ist, rufen Sie mich bitte wieder an. Dann fahre ich selbst raus zur Villa und schaue nach, was da los ist.«

»Das ist nett, vielen D…«

Das Handy schaltete sich ab, bevor Helga Keller ihren Satz zu Ende sprechen konnte.

Konrad Keller starrte auf die Waffe in der Hand von Mareile Eberlein. Weshalb bedrohte sie ihn? Im ersten Moment konnte er sich keinen Reim darauf machen.

»Das, was Sie herausgefunden haben, stimmt«, gab sie mit aufkeimender Aggressivität in der Stimme von sich. »Wir wären geradewegs in die Pleite geschlittert, und mit dem unbeschwerten Leben wäre es vorbei gewesen. Markus ist in dem Wissen von uns gegangen, dass er dieses Schicksal zumindest von mir abgewendet hat.«

»Ja, das wäre also geklärt«, entgegnete Keller, der den Blick nicht von der kleinen Pistole lassen konnte. »Eine Semmerling LM4, richtig?«

Sie nickte kurz. »Mein Mann hat sie mir vor ein paar Jahren geschenkt. Für den Fall des Falles. Er wollte, dass ich mich wehren kann, wenn es sein muss.«

»Und jetzt muss es sein?«, fragte Keller. Bei der Semmerling handelte es sich um eine moderne Repetierpistole. Man musste die kleinkalibrige Munition von Hand in das Patronenlager nachladen – das war umständlich und nicht immer zuverlässig, trotzdem eine potenziell tödliche Bedrohung, die Keller großen Respekt einflößte.

»Können Sie sich das nicht denken?«

»Ich erkenne keinen Grund für Ihr Verhalten, Frau Eberlein«, sagte Keller und versuchte, Ruhe zu bewahren. »Sie trifft keine Schuld am Tod Ihres Mannes und ebenso wenig an dem von Said. Auch mit der Eisbärensache haben Sie nichts zu tun, wie Sie mir selbst versichert haben. Weshalb also die Pistole?«

»Weil Sie der Einzige sind, der draufgekommen ist«, antwortete sie mit kaltem Blick. »Niemand sonst weiß, dass sich Markus umgebracht hat, und niemand sonst wird es herausfinden. Denn ich werde seinen Brief jetzt doch vernichten. Noch heute Abend. Dann gibt es keinen Beweis mehr dafür.«

»Es geht Ihnen um die Versicherungssumme«, folgerte Keller. »Sie wollen nicht darauf verzichten.«

»Nein, will ich nicht. Markus hat gewünscht, dass ich die Millionen kriege. Wenn jetzt herauskommt, dass es Selbstmord war und die Ausschlussklausel greift, wäre sein Tod umsonst gewesen.«

»Ich kann nachvollziehen, was in Ihnen vorgeht«, sagte Keller, der besorgt feststellte, wie zittrig Mareile Eberleins Hände waren. »Aber wenn Sie mich mit einer Schusswaffe bedrohen, ist das auch keine Lösung. Jetzt ist die Wahrheit raus, und Sie werden sie nicht wieder einfangen können.«

»Meinen Sie?« Sie bewegte die Hand mit der kleinen Pistole auf und ab. »Noch kann ich verhindern, dass die Wahrheit ans Licht kommt. Denn wie schon gesagt: Sie sind der Einzige, der Bescheid weiß – und noch haben Sie mit niemandem über Ihren Verdacht gesprochen. Das waren Ihre eigenen Worte.«

Keller zeigte ein gequältes Lächeln. »Ich bitte Sie, Frau Eberlein, lassen Sie die Waffe sinken und uns in Ruhe über alles sprechen. Es ist vorbei, und Sie müssen das akzeptieren. Oder haben Sie ernsthaft vor, mich zu erschießen?«

»Ja«, sagte sie ohne jedes Zögern und streckte den Arm mit der Pistole aus.

Udo war tatsächlich nicht zu Hause. Tabea durchstreifte Wohnzimmer und Küche, in der Erwartung, wenigstens eine kurze Nachricht von ihm vorzufinden. So in der Art »Bin im Kino und gegen elf zurück«. Dann wüsste sie wenigstens, woran sie war. Doch da gab es keinen Zettel und keine Notiz. Udo hatte einfach seine Jacke vom Garderobenständer im Flur genommen und war gegangen.

Das fuchste Tabea. Denn sie hasste es, wenn man sie im Unklaren ließ. Zugegebenermaßen war sie es gewesen, die den gemeinsamen Kinobesuch ausgeschlagen hatte. Folglich hatte Udo das gleiche Recht, den Abend so zu gestalten, wie es ihm gefiel. Der große Unterschied lag darin, dass sie ihn über ihre Pläne informiert hatte, während sie über seine nur spekulieren konnte. Vielleicht sah er sich ja gar keinen Film an, sondern saß in einer Bar. Sie wusste nicht einmal, ob er allein oder in Begleitung unterwegs war.

Durch den Ärger über ihren Freund hätte Tabea um ein Haar den Anruf von Helga Keller vergessen. Rasch schloss sie ihr Handy ans Ladekabel an und wartete, bis das Display sich erhellte. Sie sah nach, ob in der Zwischenzeit weitere Anrufe eingegangen waren. Fehlanzeige. Da sie nicht unhöflich sein wollte und auch, weil es sie selbst interessierte, ob Konrad mittlerweile aufgetaucht war, wählte sie die Nummer der Kellers.

Helga Keller ging sofort ran. »Ja, hallo?«

»Ich bin es, Tabea. Schon was von Ihrem Mann gehört?«

»Leider nein. Allmählich mache ich mir wirklich Sorgen. Ich habe schon überlegt, ob ich selbst dort hinfahre. Aber Konrad hat ja den Wagen, dann müsste ich das Fahrrad nehmen.«

»Schon gut«, sagte Tabea und verschob das Duschen gedanklich auf später. »Ich kümmere mich darum. Vielleicht wurde er unterwegs aufgehalten. Aber das werden wir bald wissen. Ich melde mich wieder bei Ihnen.«

Sie schnappte sich ihre Autoschlüssel und zog die Wohnungstür hinter sich zu.

»Das ist doch Wahnsinn!«, rief Keller und trat einen Schritt zurück. »Stecken Sie die Pistole weg! Sie haben nicht die geringste Chance, damit durchzukommen. Meine Frau weiß, dass ich hier bin. Sie wird nach mir suchen lassen, wenn ich nicht bald zurückkehre. Außerdem steht mein Wagen vor der Tür, man kann ihn sogar von der Straße aus sehen.«

Mareile Eberlein zeigte sich ungerührt. »Sie nehmen mir meine Millionen nicht weg«, presste sie hervor. »Sie nicht!«

Keller hob beschwörend die Hände: »Überlegen Sie doch: Wenn Sie mich wirklich erschießen, ist hier alles voller Blut. Die Spurensicherung wird Reste davon finden, selbst wenn Sie noch so gut wischen und schrubben. An ihren Händen werden Schmauchspuren nachzuweisen sein, die bekommen Sie auch mit viel Seife nicht weg. Und was wollen Sie mit meiner Leiche anstellen?«

»Natürlich wird die Polizei wissen, dass ich auf Sie geschossen habe«, sagte sie mit entschlossenem Blick. »Ich werde das gar nicht abstreiten.«

Keller zweifelte nun ernsthaft am Verstand dieser Frau. »Wenn Sie das tun, haben Sie nichts von Ihrem Geld, denn sie kommen für lange, lange Zeit ins Gefängnis.«

»Das werden wir ja sehen.« Sie zeigte ein heimtückisches Lächeln. »Ich denke, Ihre Kollegen werden Milde walten lassen, wenn sie erfahren, weshalb Sie *wirklich* zu mir gekommen sind.«

»Was meinen Sie? Ich bin gekommen, weil ich mit Ihnen über den Suizid Ihres Mannes sprechen wollte. Das wissen Sie doch.«

»Nein. Sie sind gekommen, weil Sie ein geiler alter Bock sind, der die Hilflosigkeit einer trauernden Witwe ausnutzen wollte. Sie sind gekommen, um sich mit mir zu vergnügen.«

»Aber, ich ...« Keller war sprachlos.

»Erst haben Sie es mit netten Worten versucht und mit Komplimenten. Weil ich mich jedoch nicht mit Ihnen einlassen wollte, haben Sie angefangen, mich zu beschimpfen und zu beleidigen. Und dann sind Sie handgreiflich geworden. Sie haben versucht, mich zu vergewaltigen.« Mit der freien Hand zog sie kräftig am Saum ihres Oberteils. Die Naht gab nach, riss und legte ihre rechte Schulter frei.

»Hören Sie auf damit!«, rief Keller. »Lassen Sie das sein, sofort!«

»Sie haben mich brutal bedrängt, und beinahe hätten Sie Ihr Ziel erreicht. Doch dann gelang es mir, mich loszureißen. Ich konnte das Schubfach mit der Pistole erreichen, griff mir die Waffe und ...«

23

--- Dienstag, 4. April 2000, 20:20 Uhr ---

Als Tabea mit ihrem Fiat Punto in die Einfahrt der Eberleins bog, lag das weitläufige Grundstück im Dunkeln. Nur die Lichtkegel der Autoscheinwerfer wiesen ihr den Weg.

Bei der Villa angekommen, sah sie einen Wagen unmittelbar vor der breiten Steintreppe am Hauseingang stehen. Als ihr Autolicht das Heck erfasste, konnte sie das Kennzeichen ablesen. Kellers Wagen – er hielt sich also tatsächlich in der Villa auf. Aber warum?

Tabea stellte den Motor ab. Bevor sie ausstieg, überlegte sie, was zu tun sei. Im Erdgeschoss brannte schwaches Licht. Sie konnte also davon ausgehen, dass sich Keller und Mareile Eberlein gerade dort aufhielten. Sie konzentrierte sich auf ihre Umgebung. Die Luft hatte merklich abgekühlt, seitdem sie vorhin mit ihren Inlineskates unterwegs gewesen war. Die Villa lag so weit von der Straße entfernt, dass vom Verkehr nichts zu hören war. Lediglich ein einzelnes Käuzchen durchbrach mit seinen Rufen die Stille.

Wie friedlich es hier war, dachte Tabea und setzte ihren Fuß auf die Treppe.

Keller versuchte, Mareile Eberlein auszuweichen, doch schon nach zwei Schritten stieß er mit der Hacke gegen die Sockelleiste der Wand. Er tastete die Wand hinter sich ab, in der Hoffnung, eine Türklinke zu fassen zu bekommen. Er dachte jetzt nur noch daran zu flüchten.

Noch einmal riss Mareile Eberlein an ihrer Kleidung: *Ratsch*! »Es soll ja echt aussehen. Später muss ich noch für ein paar blaue Flecken sorgen.«

»Das wird nicht funktionieren. Meine Kollegen werden darauf nicht hereinfallen.«

»Und wie sie das werden!«, gab sich Mareile unerschütterlich. »Denn ich werde nicht nur den Notruf wählen, sondern auch die Presse verständigen. Die Zeitung wird Sie als korrupten Polizisten und Perversen darstellen. Meine Version ist die, die zählt. Denn Sie werden nichts mehr dazu sagen können.«

Wieder legte sie auf Keller an und zielte auf seine Brust. Instinktiv versuchte er auszuweichen, erst mit einem Schritt nach links und dann nach rechts. Denn er wusste, wie schwierig es war, als Ungeübter einen gezielten Schuss abzufeuern, selbst aus so geringer Distanz.

Doch die Witwe ließ sich nicht beirren, kam näher und näher.

»Hilfe!«, schrie Keller, als er keinen Ausweg mehr sah. Und noch einmal so laut er konnte: *»Hilfe!«*

Tabea, die Hand schon am Klingelknopf, stutzte. Es kam ihr beinahe so vor, als hätte sie gerade Kellers Stimme gehört. Er klang aufgebracht. Stritt er sich etwa mit Mareile Eberlein?

Ihr Handy, gerade mal zu einem Viertel geladen, riss sie aus ihren Überlegungen. Es war Udo. Ausgerechnet jetzt. Tabea entfernte sich wieder von der Tür und nahm das Gespräch an. Sie wollte Udo abwimmeln und auf später vertrösten.

»Wo bist du?«, fragte er.

»Dasselbe hätte ich dich vorhin auch fragen können, als ich vom Skaten zurückkam«, blaffte sie ihn an. »Wo hast du gesteckt?«

»Das sage ich dir, wenn du zu Hause bist. Wo treibst du dich bloß schon wieder herum?«

Tabea spürte den Zorn in sich aufsteigen. Musste sie so mit sich reden lassen? »Unterwegs«, sagte sie knapp. »Ich muss etwas halb Dienstliches erledigen.«

»Etwa schon wieder Polizeiarbeit? Du musst endlich lernen, auch mal Nein zu sagen.«

»Ich habe jetzt echt keine Zeit. Wir sprechen uns später.«

»Ich habe die Nase voll davon, mich von dir ständig abspeisen zu lassen. Wenn du nicht willst, dass wir …«

Den Rest des Satzes bekam Tabea nicht mehr mit, denn aus dem Inneren der Villa hörte sie plötzlich ein klirrendes Scheppern, als ob ein Regal voller Porzellantassen umgekippt wäre. Sie steckte das Handy weg und spurtete die Treppe zum Portal hinauf.

In seinen Versuchen auszuweichen, war Keller gegen die große Vase gestoßen, die auf einem Podest gestanden hatte. Sie fiel um und zerbarst in Scherben. Die Splitter verteilten sich über den Marmorboden. Ein helles Klirren erfüllte den Raum, und für den Augenblick, so begriff Keller, war Mareile abgelenkt.

Er zögerte nicht eine Sekunde, preschte voran und bekam seine Kontrahentin bei der Schulter zu packen. Mareile schreckte zurück. Sie wehrte sich. Doch er griff fest zu, gleichzeitig versuchte er, ihr die Pistole zu entwinden.

»Weiter so!«, rief Mareile mit irrem Blick. »Schlagen Sie mich! Liefern Sie die Beweise für Ihre Schuld.«

Ihre Worte zeigten Wirkung. Keller war verunsichert und lockerte den Griff. Ein böser Fehler!

Zu seinem Entsetzen stellte er fest, dass Mareiles Reaktionen deutlich rascher waren als seine. Sie befreite sich aus seiner Umklammerung und drückte ihm die Mündung der Pistole gegen den Bauch. Keller presste die Zähne zusammen. In Mareiles Augen erkannte er die Bereitschaft zu töten. Jeden Moment würde sie abdrücken.

Tabea betätigte den Klingelknopf. Dreimal kurz hintereinander. Von innen hörte sie den Gong. Ein vornehm dunkler Ton. Gleichzeitig drangen unentwegt andere Geräusche durch die massive Holztür. Ein Poltern, schnelle Schritte, kurze, unverständliche Sätze. Die aufgebrachten Stimmen einer Frau und eines Mannes.

Konnte es sein, dass die beiden miteinander kämpften?

Zwar hatte sie noch immer keinerlei Vorstellung, worum es hier ging, doch eines war klar: Sie musste handeln! Und zwar unverzüglich!

Mit beiden Fäusten hämmerte sie gegen die Tür. »Aufmachen!«, rief sie so laut sie konnte. »Polizei! Sofort aufmachen!«

Nichts deutete darauf hin, dass jemand sie bemerkte. Sie hörte bellende Laute und einen spitzen Schrei. Um Himmels willen, was ging da bloß vor?

Die Tür war viel zu dick und das Schloss zu stabil, als dass Tabea etwas ausrichten konnte. Also musste sie auf anderem Weg in das Gebäude gelangen. Sie sah sich nach beiden Seiten um. Rechts fiel gelbes Licht aus dem Foyer durch ein hohes Sprossenfenster und erhellte ein Zierbeet. Tabea lief die Treppe hinunter, wobei sie mit jedem Schritt zwei Stufen gleichzeitig nahm. Während sie rannte, hielt sie nach etwas Ausschau, mit dem sie die Scheibe zertrümmern konnte.

Sie fand einen geeigneten Stein neben einem Busch, wog ihn prüfend in der Hand und stellte sich vor der Scheibe in Position. Sie holte weit aus, bereit, ihn gegen das Glas zu werfen.

Da ertönte ein Schuss!

»Verdammt!« Für den Augenblick fühlte sich Tabea wie gelähmt. Die schrecklichsten Bilder gingen ihr durch den Kopf. Unwillkürlich dachte sie an den Moment zurück, in dem sie Said getötet hatte. Sie holte Schwung und schleuderte den Stein gegen die Scheibe. Diese zersprang mit ohrenbetäubendem Lärm.

24

--- Dienstag, 4. April 2000, 20:30 Uhr ---

Helga Kellers Sorgen wuchsen von Minute zu Minute. Sie lief unruhig durch die Wohnung und sah dabei immer wieder auf die Uhr. Sollte sie noch einmal Tabea anrufen? Helga wollte nicht aufdringlich sein und legte den Telefonhörer beiseite, den sie in der letzten Stunde mehrmals in die Hand genommen hatte.

Während sie von Küche zum Wohnzimmer und wieder zurück ging, versuchte sie sich selbst zu beruhigen. Wahrscheinlich würde sie gleich den Schlüsselbund klimpern hören, und Konrad würde in die Wohnung kommen und sich darüber wundern, dass sie nicht gemütlich vorm Fernseher saß oder schon im Bett lag. Er würde sie mit diesem besonderen Lächeln anschauen, das er immer dann aufsetzte, wenn sie wegen eines seiner Einsätze mal wieder in heller Aufregung war. Dann würde er ihr einen Kuss geben, ihr übers Haar streichen und ihr versichern, dass ihm schon nichts passieren würde.

Obwohl sich Helga im Laufe der Jahre ein dickeres Fell zugelegt hatte, trieb sie die Sorge um ihren Mann an Tagen wie diesem weiter um. Sie konnte nicht verhindern, darüber nachzudenken, was wäre, wenn es Konrad plötzlich nicht mehr gäbe. Er hatte nun mal einen Job, in dem er immer wieder mit sehr gefährlichen Menschen zu tun bekam.

Dabei hatten sie doch noch so viel vor! Sie wollten für ihre Kinder da sein und später für die Enkel. Sie wollten ihr Leben genießen und reisen. Unwillkürlich musste Helga lächeln, als sie an ihre gemeinsamen Urlaube dachte. Am liebsten auf einem Hausboot irgendwo auf den zahllosen Flüssen und Kanälen Frankreichs ...

»Das nervt.«

Sophie stand plötzlich neben ihr und zog die Brauen zusammen.

»Was nervt?«, fragte Helga ihre Tochter.

»Dass du wie ein Raubtier im Käfig durch die Wohnung tigerst. Wenn es wegen Paps ist, kannst du das sein lassen. Du weißt, dass ihm nichts passieren wird. Er hat einen Glücksengel, der auf ihn aufpasst.«

Meinte Sophie wirklich, was sie sagte, oder wollte sie sie nur trösten? Jedenfalls gelang es ihr, dass sich Helgas Anspannung ein wenig löste. Helga nahm ihre Tochter in den Arm und drückte sie an sich. »Es heißt Schutzengel, mein Schatz«, korrigierte sie mit sanftem Ton und dachte: Aber Glück wird er wahrscheinlich auch brauchen.

Tabea zog die Ärmel ihres Sweatshirts über die Handballen, um sich gegen die Scherben zu schützen. Dann stützte sie sich auf dem Fensterbrett ab, schlug einige der Holzstreben beiseite und hangelte sich durch den Rahmen.

Im Inneren des Foyers erwartete sie Chaos. Tabea erblickte einen umgestürzten Stuhl, einen halb heruntergerissenen Vorhang und die Reste der großen Vase, die mitsamt ihrem Sockel umgefallen war.

Mittendrin Keller und Mareile Eberlein. Wie es aussah, blutete Keller am rechten Oberarm. Das hinderte ihn nicht daran, sich mit den Knien auf die am Boden liegende Witwe zu stemmen und sie mit Polizeigriff zu fixieren. Unweit der beiden entdeckte Tabea eine kleine Pistole, aus der vermutlich der Schuss abgegeben worden war, den sie gehört hatte. Sie ging darauf zu und verpasste der Waffe einen Tritt, sodass sie außer Reichweite blieb.

»Was ist passiert?«, fragte sie.

»Hast du dein Handy dabei?«, rief Keller ihr zu und musste seine ganze Kraft einsetzen, um die sich windende Mareile Eberlein auf dem Boden zu halten. »Ruf Verstärkung!«

»Ja, rufen Sie Verstärkung!«, brachte Mareile Eberlein gepresst heraus. »Lassen Sie dieses Schwein verhaften! Er wollte mich vergewaltigen.«

Tabea, die schon das Handy aus der Hosentasche gezogen hatte, zauderte. Aber nur kurz. Dann wählte sie die vertraute Nummer der Einsatzzentrale, gab knapp die Lage durch und forderte Unterstützung sowie einen Rettungswagen an.

»Wollen Sie mir nicht helfen?« Mareile Eberlein schlängelte sich wie ein Aal, doch Keller ließ sie nicht aus. »Dieser Mistkerl ist hier eingedrungen und über mich hergefallen. Hat seine Stellung als Polizist dazu benutzt, um mich zu täuschen.« Sie strampelte mit den Füßen, hatte aber keine Chance freizukommen. »Von Frau zu Frau: Sie müssen mich retten! Sehen Sie meine Kleider? Das ist sein Werk, er hat sie zerrissen.«

»Und Sie haben auf ihn geschossen«, folgerte Tabea.

»Ja, aus Notwehr!«

Keller, dem das Festhalten einiges an Kraft abverlangte, löste eine Hand von seiner Gefangenen und holte etwas aus seiner Jackentasche. Er hielt es Tabea hin.

»Ein Diktafon«, erkannte sie und nahm es entgegen.

»Da ist alles drauf«, sagte Keller. »Mareile Eberleins Lügengeschichte, von Anfang an.«

Es ging auf Mitternacht zu, als sich Keller mit Tabea und Sophie an den Esstisch in der Küche setzte. Helga holte einen halben Laib Leberkäs aus dem Ofen, den sie aufgewärmt hatte.

Etwas Besseres konnte sich Keller jetzt kaum vorstellen, denn er hatte einen Bärenhunger. Als er beherzt zu Messer und Gabel griff, spürte er einen stechenden Schmerz im Arm und verzog das Gesicht.

»Vielleicht hättest du doch lieber über Nacht ins Krankenhaus gehen sollen«, merkte Tabea an.

»Ach was«, winkte Keller ab. »Ein harmloser Streifschuss. War mir fast ein bisschen peinlich, damit einen Notarzt zu behelligen.«

»Paps, der Held, kennt keine Schmerzen«, neckte ihn Sophie, die trotz der fortgeschrittenen Stunde hellwach neben ihm saß. Das freute Keller sehr, denn es zeigte ihm, dass sich sein Töchterchen doch mehr für ihren Vater und sein Wohlbefinden interessierte, als sie es oft zeigte. Obwohl er trotz gelegentlicher Meinungsverschiedenheiten ohnehin nie Zweifel daran gehabt hatte.

»Nun erzähl mal der Reihe nach«, forderte Helga ihn auf und schnitt daumendicke Scheiben vom Leberkäs.

»Dann sind wir ja bis morgen früh nicht fertig«, entgegnete Keller, ließ sich aber doch überreden, seine jüngsten Erlebnisse mit den anderen zu teilen. Als er geendet hatte, lehnte er sich zurück. »Damit wäre dieser Fall also endgültig abgeschlossen«, stellte er mit zufriedenem Ausdruck fest. »Oder vielmehr: die Fälle. Markus Eberlein beging Selbstmord, das haben wir dank des Briefes schriftlich. Der liebeskranke Said starb in einer Bedrohungslage durch eine Polizeikugel, auch hier ist soweit alles geklärt. Und die Eisbären? Ja, auch dafür sitzt ein Verdächtiger hinter Gittern.« Nach einer Pause ergänzte er: »Ich muss allerdings sagen, dass ich in diesem Fall noch immer viele Fragezeichen sehe. Ich denke nicht, dass die dünnen Beweismittel ausreichen, um Heiko Scholz zu verurteilen. Wenn er kein Geständnis ablegt, wird man ihn früher oder später laufen lassen müssen.«

»Mit einem Fragezeichen bleibt auch der Name Zink versehen«, merkte Tabea an. »Sein dubioses Spiel habe ich noch immer nicht durchschaut. Hat er mit Mareile Eberlein gemeinsame Sache gemacht?«

»Das glaube ich nicht«, meinte Keller. »Vielleicht hat er geahnt, dass sie mit dem Tod ihres Mannes zu tun hatte, und womöglich hegte er wirklich die Absicht, die reiche Erbin noch weiter auf seine Seite zu ziehen, um von ihrem Geld und Status zu profitieren – entweder zu seinem eigenen Nutzen oder für den Tierschutzverein, wer weiß. Solange wir ihm keine Mitwisserschaft nachweisen können, wird er sich aus der Affäre ziehen können. Aalglatt, wie er ist, dürfte ihm das nicht schwerfallen.«

»Schade, ich hätte ihm gern eins mitgegeben, so arrogant, wie er uns gegenüber aufgetreten ist«, ließ Tabea ihrem persönlichen Empfinden freien Lauf und zog sich die dritte Scheibe Leberkäs auf den Teller.

»Gibt's bei euch zu Hause nichts zu essen?«, neckte Keller sie.

»Nicht, wenn ich nicht selbst koche«, antwortete Tabea und fügte mit einem leisen Seufzer hinzu: »Aber das werde ich künftig nur noch für eine Person. Ich habe beschlossen, Udo vor die Tür zu setzen. Für mich beginnt ab morgen ein neuer Lebensabschnitt.«

»Und wenn er nicht gehen will?«, interessierte sich Sophie, die neugierig näherrückte.

»Dann suche ich mir selbst was Neues«, sagte Tabea bestimmt und wandte sich an Keller. »Steht bei dir ein Computer im Arbeitszimmer? Dann könnten wir nach kurzfristig freien Wohnungen googeln?«

»Bitte, was?« Keller sah sie irritiert an.

Tabea winkte ab. »Vergiss es, ich kümmere mich selbst darum.«

Keller, froh darüber, dass dieser Kelch an ihm vorbeigegangen war, blickte in die Runde: »Wie dem auch sei: Alles in allem sind unsere Ermittlungen doch zufriedenstellend gelaufen, oder? Kein Unbeteiligter ist zu Schaden gekommen.«

»Kein Unbeteiligter?«, fragte Sophie und schob zornig ihren Teller zur Seite. »Und was ist mit Yukon, Silke, Nadine und Efgenia?«

Nachwort

--- True-Crime-Faktencheck ---

Am 29. März 2000, gegen neunzehn Uhr, ruft der Leiter des Nürnberger Tiergartens seinen Stellvertreter an. Er überbringt die beunruhigende Nachricht, dass angeblich ein freilaufender Eisbär auf dem Gelände gesehen worden sei. Kurz darauf geht ein zweiter Anruf ein, der die Meldung bestätigt: Ein Vater, der noch mit seinem Kind im Tiergarten unterwegs ist, will ebenfalls einen Bären gesichtet haben.

Wenig später wird klar, dass alle vier arktischen Raubtiere aus ihrem Gehege ausgebrochen sind: das Männchen Yukon, 3,20 Meter groß und fünfhundert Kilo schwer, sowie die etwa 2,60 Meter großen und halb so schweren Weibchen Efgenia, Silke und Nadine. Bei den Raubtieren handelt es sich um Leihgaben des Karlsruher Zoos, der sein Gehege modernisiert.

Trotz der fortgeschrittenen Stunde gelingt es der Tiergartenleitung, binnen kurzer Zeit fünfzehn Mitarbeiter zu mobilisieren, darunter Tierärzte. Diese versuchen mit Narkosegewehren auf die Tiere zu schießen, um diese ruhigzustellen. Oberstes Ziel: zu verhindern, dass die Bären den Zaun überwinden und in die angrenzenden Siedlungen Mögeldorf, Zerzabelshof und Laufamholz gelangen. Doch die Orientierung fällt in der einsetzenden Dämmerung zunehmend schwer. Auch zeigen die Betäubungspfeile trotz doppelter Dosis kaum Wirkung.

Als einer der Bären die Gaststätte *Waldschänke* erreicht, fällt die Tiergartenleitung den Entschluss, mit scharfer Munition auf die Tiere zu schießen. Es ist zwanzig Uhr dreißig, als die Polizeiinspektion Ost über den Vorfall informiert wird. Mit Eintreffen der ersten Streife sind die Tiere aber bereits erlegt. Nur der Bulle Yukon hat schwer verletzt überlebt. Einer der Polizisten erlöst ihn mit einem Fangschuss von den Qualen.

Unmittelbar nach den Ereignissen gründet die Polizei die zehnköpfige SoKo »Eisbären«, denn noch in der Nacht wird klar, dass die Schlösser des Geheges aufgehebelt worden sind. Der erste Verdacht fällt auf extreme Tierschützer, weshalb anfangs sogar der Staatsschutz ermittelt, aber die Spur verläuft im Sand. Zeugenaufrufe und zwanzigtausend Mark Belohnung führen dazu, dass mehr als hundertfünfzig Hinweise eingehen. Schließlich gelingt es, das Phantombild eines Tatverdächtigen zu erstellen. Drei Wochen nach dem Eisbärendrama im Tiergarten wird ein Dreißigjähriger in dessen Wohnung festgenommen. Wie sich herausstellt, hatte er sich um einen Job im Tiergarten bemüht, war jedoch abgelehnt worden. Für die Polizei ist das ein Motiv. Die Aussagen des Tatverdächtigen sind widersprüchlich. Der Ermittlungsrichter ordnet die vorläufige Unterbringung in einer psychiatrischen Klinik an, doch nach einem Dreivierteljahr stellt die Staatsanwaltschaft Nürnberg-Fürth das Verfahren mangels ausreichender Beweise ein. Der Eisbären-Fall wird nie gelöst.

Investitionen in mehr Sicherheit sollen eine Wiederholung eines solchen Vorfalls verhindern: Der Tiergarten verstärkt die Gitter und stellt Videokameras auf. Jahre später sorgt erneut ein Nürnberger Eisbär für bundesweite Schlagzeilen – diesmal sind es positive: Im Winter 2007 kommt Publikumsliebling »Flocke« zur Welt.

Der im Roman geschilderte Kriminalfall über den Tod des fiktiven Immobilienmanagers Eberlein ist hingegen frei erfunden. Ebenso die handelnden Personen wie Zoodirektor Zocher und das übrige aufgeführte Tiergartenpersonal, die ermittelnden Polizeibeamten sowie alle im Buch aufgeführten Verdächtigen und sonstigen Personen.